दादी अम्मा कहें कहानी

दादी अम्मा कहैं कहानी

सुधा मूर्ति

प्रभात प्रकाशन

प्रकाशक • **प्रभात प्रकाशन प्रा. लि.**
4/19 आसफ अली रोड,
नई दिल्ली-110002

संस्करण • 2026
अनुवाद • वीरेन वर्मा
मूल्य • तीन सौ पचास रुपए
मुद्रक • नरुला प्रिंटर्स, दिल्ली

DADI AMMA KAHEN KAHANI
stories by Smt. Sudha Murthy ₹ 350.00
Published by Prabhat Prakashan Pvt. Ltd., 4/19 Asaf Ali Road, New Delhi-2
e-mail: prabhatbooks@gmail.com ISBN 978-93-5048-222-3

कृष्णा को,
जिसने मुझे
बचपन की मीठी यादों में
पहुँचा दिया।

लेखिका का वक्तव्य

कृष्णवदा के नाम से सबकी प्रिय मेरी दादी कृष्णा बहुत बुद्धिमान और स्नेहमयी थीं। वे कहानियाँ सुनाने में भी बहुत माहिर थीं। उन्होंने हमें कभी उपदेश नहीं दिए, परंतु अपनी कहानियों के जरिए उन्होंने हमें जीवन के मूल्य सिखाए। वे कहानियाँ और वे मूल्य अब भी मेरे साथ हैं। मैंने अपना बचपन उत्तरी कर्नाटक के अपने सुस्त गृहनगर शिग्गाँव में अपने चचेरे भाई-बहनों और दादा-दादी के साथ बेफिक्री और मौज-मस्ती में गुजारा। हमारे पास जो कुछ भी था, हम मिल-बाँटकर उसका उपयोग करते थे और यही हम चचेरे भाई-बहनों के बीच एक मधुर बंधन बन गया था। हम सबको जोड़नेवाली प्रेरक शक्ति थीं—मेरी दादी।

इस पुस्तक के लिए उन कहानियों को लिखते समय मैंने कुछ बदलाव किए हैं, परंतु अधिकांशतः वे मेरे बचपन को सच्चाई से प्रतिबिंबित करती हैं। जब मेरी पोती कृष्णा का जन्म हुआ, उसने मुझे दादी के उच्च पद पर आसीन कर दिया। तब मैंने पहले से कहीं अधिक कहानियों के महत्त्व और वे बच्चों को सीखने में कितनी मदद करती हैं, इसे समझा। इसीलिए यह पुस्तक आपके सामने है।

मुझे आशा है कि इन कहानियों के साथ बच्चे और माता-पिता तीन पीढ़ियों के बीच विशिष्ट संबंधों को समझेंगे और अपने परिवारों

में एक-दूसरे के और पिछली पीढ़ियों के साथ प्यार के बंधनों का निर्माण जारी रखेंगे।

मैं सुदेशणा शोम घोष को भी धन्यवाद देना चाहूँगी, जो पिछले दशक में मेरी लेखकीय यात्रा में मेरी संपादक होने के साथ-साथ एक अच्छी मित्र भी बन गईं।

—सुधा मूर्ति
बेंगलुरु

इन कहानियों की शुरुआत

गरमियों की छुट्टियाँ! अपने दो और पोता-पोती के आने का इंतजार करते हुए अज्जी मन-ही-मन मुसकराई। रघु और मीनू जल्दी ही यहाँ आते होंगे। अपनी माँ के साथ आनंद और कृष्णा पिछली शाम को ही पहुँच चुके थे। तभी से वे बेचैनी से अपने चचेरे भाई-बहन के आने का इंतजार कर रहे थे। यद्यपि अज्जी ने उन्हें पहले ही बता दिया था कि रघु और मीनू अगली सुबह ही आएँगे, परंतु ये दोनों बच्चे सुनने के लिए तैयार नहीं थे। वे अपने दादा अज्जा के साथ उन्हें रिसीव करने के लिए रेलवे स्टेशन गए। अब तक तो ट्रेन शिग्गाँव रेलवे स्टेशन पहुँच चुकी होगी और उनके दादा ने बच्चों को उनकी माँ और सामान लाने के लिए टैक्सी भी ले ली होगी।

अज्जी ने जल्दी से स्नान किया। उन्होंने बच्चों के पसंदीदा व्यंजन तैयार कर लिए थे और उनका इंतजार करने के लिए बरामदे में जाने से पहले एक उम्दा, नरम सूती साड़ी पहन रही थीं।

और देखो, वो आ गए! बच्चे कितना शोर मचा रहे थे! वे एक-दूसरे पर गिरते-पड़ते टैक्सी से निकले और उछलते और चिल्लाते हुए अज्जी की ओर लपके, उनमें से हर एक अज्जी की बाँहों में सबसे पहले आना चाहता था। हर कोई अज्जी के सबसे नजदीक बैठना चाहता था।

जल्द ही बच्चे कहानियाँ सुनने के लिए बैठ गए। अज्जी और अज्जा के घर आकर यह देखने के लिए कि उनकी पिछली मुलाकात से अब तक पौधे कितने बड़े हो गए थे, वे सबसे पहले बगीचे का मुआयना करते। फिर वे गायों, बछड़ों, कुत्तों, पिल्लों, बिल्लियों और उनके बच्चों का निरीक्षण करते। फिर वे अज्जी के बनाए स्वादिष्ट व्यंजनों का भरपूर आनंद लेते। अंत में जब उनकी माँएँ गपशप और आराम करने के लिए चली जातीं तो अपनी छुट्टियों के सर्वोत्तम भाग—दादी की अनोखी कहानियाँ सुनने, विशेष रूप से साँझ ढलने से पहले का आनंद लेने के लिए बच्चे अपनी दादी के चारों ओर जमा हो जाते।

हम सब भी उन्हें ठीक से सुनने के लिए सबसे नजदीक स्थान के लिए लड़ते झगड़ते, तेजी से घूमते पंखे के नीचे चटाई पर इकट्ठे हो जाते।

अनुक्रम

1

डॉक्टर-डॉक्टर

पहले दिन बच्चों ने पूछा, ''अज्जी आप इतनी सारी कहानियाँ कैसे जानती हैं?''

अज्जी मुसकराईं और बोलीं, ''मेरी दादी मुझे बहुत सी कहानियाँ सुनाती थीं। कुछ मैंने पुस्तकों में पढ़ीं। कुछ मैंने तुम जैसे बच्चों से और बाकी की तुम्हारे अज्जा से सीखीं।'' फिर अज्जी कुछ रुकीं और बोलीं, ''मैं देख रही हूँ कि जब मैंने तुम्हें पिछली बार देखा था, तब से तुम सभी काफी बड़े हो गए हो। इसलिए इससे पहले कि मैं कोई कहानी सुनाना शुरू करूँ; मैं यह जानना चाहती हूँ कि तुममें से हर एक बड़ा होकर क्या बनना चाहेगा।''

उनमें सबसे बड़ा ग्यारह साल का रघु तुरंत बोला, ''मैं पर्यावरण वैज्ञानिक बनना चाहता हूँ।'' नौ वर्ष की मीनू ने कहा, ''मैंने अभी तय नहीं किया है, शायद मेरे डैड की तरह एक कंप्यूटर विशेषज्ञ।'' दस वर्षीय आनंद ने कहा, ''मैं अंतरिक्ष यात्री बनना चाहता हूँ।'' और उसकी जुड़वाँ बहन कृष्णा ने सहजता से कहा, ''मैं फैशन डिजाइनर बनना चाहती हूँ।''—अज्जी मुसकराईं, ''मैं खुश हूँ कि तुम सबने इस बारे में

सोचा है। हम सबके जीवन में कोई लक्ष्य होना चाहिए, जिसे हासिल करने की हमें कोशिश करनी चाहिए और साथ ही दूसरों के काम भी आना चाहिए। अब मैं तुम्हें एक ऐसे व्यक्ति की कहानी सुनाऊँगी, जिसने ठीक ऐसा ही एक सबक सीखा था।''

क्यों न हम भी यह कहानी सुनने के लिए अज्जी और उनके नन्हे मित्रों की मंडली में शामिल हो लें!

गरमियों की एक तपती दुपहरी में गाँव के एक सँकरे रास्ते से एक बूढ़ा आदमी धीरे-धीरे नीचे आया। वह थका हुआ और प्यासा था। तभी उसने सड़क के किनारे एक परचून की दुकान देखी। उस दुकान की छत टिन की और दीवारें कच्ची थीं। उस दमघोंटू गरमी में दुकानदार अंदर बैठा पंखा झलते हुए मक्खियों को भगा रहा था। दुकान के सामने एक छोटी सी बेंच थी, जिस पर शाम होने और मौसम कुछ ठंडा होने पर गाँव के लोग बैठकर बतियाते थे। वह बूढ़ा आदमी उस बेंच पर गिर सा गया। वह इतना थका हुआ था कि कुछ समय तक तो कुछ बोल ही न सका। अंत में उसने अपना मुँह खोला और एक ही शब्द बोला, ''पानी।''

यह गाँव लंबे समय से एक भयंकर समस्या से पीड़ित था। वह एक विशाल रेगिस्तान के नजदीक था और वहाँ साल में केवल एक बार वर्षा होती थी, जिससे उसके पोखर और कुएँ भर जाते थे, परंतु दो वर्षों से बारिश नदारद थी और गाँव के लोग बहुत दूर बहती नदी से पानी लाकर काम चला रहे थे। हर सुबह पुरुषों और स्त्रियों के झुंड चलकर दूर तक जाते, उस छोटी सी नदी से अपने घड़े भरते और उतने पानी से दिनभर काम चलाते। स्वाभाविक रूप से कोई भी इस कीमती जल की एक बूँद भी बरबाद करना नहीं चाहता था।

फिर भी, जब एक प्यासा, थका हुआ बूढ़ा आदमी पानी माँगे तो आप उसे न कैसे कह सकते हैं? सो उस दयालु दुकानदार रवि ने बिना

दोबारा सोचे अपने घड़े से एक गिलास में पानी उड़ेला और उस वृद्ध को दे दिया। उसने गटागट पानी पी लिया। फिर उसने एक और शब्द बोला, "और!" और इसकी प्रतीक्षा किए बिना कि रवि उसे पानी दे, वह घड़े की ओर लपका। उसे उठाकर अपने होंठों तक ले गया और रवि ने जो पानी पूरे दिन के लिए सुरक्षित रख छोड़ा था, वह सारा पानी पी गया।

बेचारा रवि कर भी क्या सकता था? बस, निराशा का भाव लिये वह उसे ताकता रहा। फिर वह मन-ही-मन बोला, 'परेशान क्यों होते हो! आखिर तुमने एक जरूरतमंद की मदद की है।'

इसी बीच वह अजनबी अब बेहतर लग रहा था। उसने रवि को घड़ा वापस किया, उसकी ओर देखकर ऐसे मुसकराया कि रवि भीतर तक तृप्त हो गया। वह बोला, "मेरे बेटे, हमेशा इसी तरह दयालु बने रहो। जिस तरह से तुमने मेरी मदद की है, उसी तरह तुम्हारे पास आनेवाले हर व्यक्ति की मदद करोगे तो तुम पर ईश्वर की कृपा होगी।" फिर उसने अपनी छड़ी उठाई और धीरे-धीरे लँगड़ाते हुए चला गया। रवि उस विचित्र वृद्ध को अपनी आँखों से ओझल होते हुए देखता रहा, फिर अपनी दुकान के कामों में जुट गया।

दोपहर में गरमी और भीषण हो गई। कुछ समय बाद रवि को ऐसा लगा मानो उसका सिर दर्द से फट जाएगा। उसके होंठ सूख गए थे और गला इतना खुश्क हो गया था कि वह दर्द करने लगा। उसे पानी की बेहद जरूरत थी, परंतु वह आगंतुक सारा पानी खत्म कर चुका था। यह सोचकर कि शायद उसमें कुछ पानी बचा हो, रवि ने घड़ा अपने होंठों तक लाकर उसे तिरछा किया। उसके आश्चर्य की कल्पना करो जब पानी की एक मोटी धार उसके चेहरे से बह निकली। वह मीठा और ताजगी देनेवाला पानी था, जिसने न केवल उसकी प्यास बुझाई बल्कि उसका सिरदर्द भी गायब कर दिया।

अभी जो कुछ हुआ था, उसे समझने की कोशिश करते हुए रवि पानी के उस घड़े को एकटक देख रहा था, तभी करीम लँगड़ाते हुए उसकी दुकान में घुसा। करीम एक युवक था, जिसका एक पैर कई वर्ष पहले हुई एक दुर्घटना में क्षतिग्रस्त हो गया था और वह लँगड़ाकर चलने पर मजबूर हो गया था। जब वह बीमार या थका हुआ होता, तब उसकी लँगड़ाहट बढ़ जाती थी। उस वृद्ध की तरह करीम भी दुकान के सामने पड़ी बेंच पर धम से बैठ गया और लंबी साँसें लेने लगा। फिर उसने अपनी जेब से सामान की एक सूची ढूँढ़ निकाली और रवि को पकड़ा दी। जब रवि ने कागज पर लिखी वस्तुओं को पैक करना शुरू किया तो करीम ने भोजन की एक छोटी सी पोटली खोली और वहीं बैठकर खाने लगा। अंत में उसने अपने स्कार्फ से मुँह पोंछा और रवि के पानी के घड़े की ओर इशारा करते हुए पूछा, ‘‘क्या मैं दो घूँट पानी पी सकता हूँ? आखिर गरमी भी तो किस कदर पड़ रही है।’’

रवि कोई दाल तौलने में व्यस्त था। उसकी ओर देखे बिना ही उसने कहा, ‘‘तुम्हें पानी पिलाकर मुझे खुशी होती, मगर कोई आदमी पहले ही ज्यादातर पानी पी चुका है। फिर जब मुझे प्यास लगी तब बचा-खुचा पानी मैंने खत्म कर दिया।’’

‘‘यह क्या कह रहे हो, मेरे दोस्त? मैं साफ-साफ देख सकता हूँ कि घड़ा पानी से लबालब भरा हुआ है।’’

रवि ने नजरें उठाईं और जो कुछ उसने देखा उस पर विश्वास नहीं हुआ। उसकी आँखों के सामने करीम ने गिलास में पानी उड़ेला और पी गया, फिर उसने खरीदी हुई सभी वस्तुएँ लीं और दुकान से चला गया।

रवि को उसकी लँगड़ाहट ऐसी लगी जैसे वह लगभग ठीक हो गई हो! उसे समझने की कोशिश में रवि कुछ समय तक उसे देखता रहा।

इस दौरान वह इस निष्कर्ष पर पहुँचा कि भीषण गरमी के कारण उसे भ्रम हुआ होगा। वह अपनी दुकान के अपेक्षाकृत शीतल वातावरण में चला गया और ऊँघने लगा।

फिर एकाएक हड़बड़ी में उसकी नींद खुल गई, क्योंकि कोई जोर-जोर से उसका नाम पुकार रहा था। उसने आँखें खोलीं तो करीम को सामने खड़ा पाया। इस बार वह अपनी छोटी बहन फातिमा का हाथ पकड़े हुए था।

"भाई उठो, हमें तुम्हारी मदद की जरूरत है।" उसने विनती की।

"क···क्या? कुछ गड़बड़ है?"

"फातिमा बुखार में तप रही है!"

"तो डॉक्टर के पास जाओ, तुम उसे एक परचून की दुकान पर क्यों ले आए हो?"

करीम कुछ देर तक उसे देखता रहा, फिर बोला, "तुम्हारा मतलब है, तुम नहीं जानते कि अभी-अभी तुमने किस तरह मेरी मदद की है। जैसे ही मैंने तुम्हारे जादुई घड़े से पानी पिया, मेरा पैर, जो कई सालों से मुझे परेशान कर रहा था, अपने आप ठीक हो गया। फातिमा को भी उसमें से थोड़ा पानी पिला दो। मुझे भरोसा है कि उसका बुखार चुटकी बजाते ही चला जाएगा।"

रवि हक्का-बक्का रह गया। जादुई घड़ा? रोगनाशक पानी? करीम किस बारे में बात किए जा रहा था? फिर भी, उसने घड़ा फातिमा की ओर बढ़ा दिया। उसने थोड़ा पानी पिया, फिर आराम करने के लिए बैठ गई। कुछ मिनटों में ही उसने अपना सिर उठाया और बोली, "यह सच है, भाइयो! मेरा बुखार सचमुच उतर गया है।"

जल्द ही यह खबर जंगल में आग की तरह फैल गई। शांत स्वभाव का दयालु किरानी रवि अब एक ऐसे जादुई घड़े का मालिक

था, जिसमें रखा पानी किसी की भी कोई भी बीमारी ठीक कर सकता था। हर रात रवि उस घड़े को दुकान में छोड़ जाता और सुबह वह मीठे ठंडे पानी से लबालब भरा मिलता। हर रोज उसकी दुकान के सामने बीमार लोगों और उनके रिश्तेदारों की कतार लग जाती। रवि उनमें से हर एक को घड़े का पानी पिलाता और वे यह कहकर विदा लेते कि अब वे पहले से बेहतर हैं। वह घड़ा कभी खाली नहीं होता था।

रवि समझ गया कि जिस वृद्ध की उसने मदद की थी, उसने कृतज्ञता के रूप में उसे यह उपहार दिया होगा। रवि ने माना कि वह एक महान् उपहार था। इसके लिए वह हर रोज मन-ही-मन उस वृद्ध को धन्यवाद देता था। जल्द ही उसकी छोटी सी दुकान ने एक अस्पताल का रूप ले लिया। रवि उस पानी के लिए एक पैसा भी नहीं लेता था। लोग उसके लिए कुछ रुपए और उपहार छोड़ जाते और कई लोग उसे कुछ भी नहीं देते, मगर वह फिर भी खुश रहता था।

एक दिन एक अमीर जमींदार का सेवक उसकी दुकान पर पहुँचा और बोला, ''मेरे मालिक बीमार हैं। मेरे साथ आओ और उन्हें अपना पानी पिलाओ।''

रवि ने जवाब दिया, ''अपने पीछे जमा भीड़ के लोगों को देखो, जो अपनी बारी का इंतजार कर रहे हैं। उनकी मदद किए बिना मैं यह जगह कैसे छोड़ूँ और तुम्हारे मालिक के पास जाऊँ? क्या तुम समझते हो कि ये बीमार लोग धूप में ज्यादा देर तक खड़े रह सकेंगे? इसके बजाए अपने मालिक से कहो कि यहाँ आएँ तो मैं उन्हें पानी पिला दूँगा।''

सेवक ने कहा, ''रवि, इन गरीब लोगों की मदद करके तुम्हें क्या मिलेगा? थोड़े से रुपए, कुछ चावल और दाल। मेरे मालिक के घर आओ। वे तुम पर रुपयों और उपहारों की वर्षा कर देंगे। कम-से-कम

एक महीने तक तुम अपना घर चलाने की चिंता से मुक्त हो जाओगे।''

रवि के मन में लालच आ गया। यह सच था, क्यों न एक अमीर आदमी को ठीक करके अपनी रोजमर्रा की जरूरतों को पूरा करने में मदद हासिल करूँ? रवि ने बाहर इंतजार कर रहे लोगों से अगले दिन आने को कहा और सेवक के साथ जमींदार के घर चला गया।

इस तरह, धीरे-धीरे रवि बदल गया। जहाँ कभी वह बीमार और गरीब लोगों के चेहरों पर दर्द और उदासी देख नहीं पाता था, अब हर रोज वह इस उम्मीद में दिन की शुरुआत करता कि उसे कम-से-कम एक अमीर रोगी मिलेगा, जो उसे भरपूर धन देगा।

इसी तरह दिन गुजरते रहे। मौसम बदले और गरमियाँ फिर आ गईं। रवि अपनी दुकान में बैठा बहीखाता लिख रहा था कि उसके कानों में एक बूढ़े आदमी की काँपती सी आवाज आई, ''बेटा पानी!'' चौंककर उसने उनकी ओर देखा। क्या ये वही वृद्ध थे, जिन्होंने उसे जादुई घड़ा उपहार में दिया था? परंतु आगंतुक के ठीक पीछे कोई और नहीं, राजा का संदेशवाहक खड़ा था।

''जल्दी चलो!'' राजसेवक चिल्लाया, ''महारानी को एक मच्छर ने काट लिया है।''

''पानी!'' बूढ़े आदमी ने दोहराया।

''महारानी अस्वस्थ हैं!'' राजसेवक फिर चिल्लाया।

रवि ने बारी-बारी से दोनों को देखा। एक तो मैला सा बूढ़ा आदमी था, जो वही व्यक्ति हो भी सकता था और नहीं भी, जिसने उसे वह घड़ा दिया था। दूसरी ओर स्वयं राजा का संदेशवाहक था! उसने सोने के उन सिक्कों की कल्पना की जो पानी से महारानी का मच्छर दंश ठीक होने के बाद उस पर बरसनेवाले थे। उसका चुनाव स्पष्ट था।

उसने घड़ा उठाया और उस अजनबी से कहा, ''चाचा, यहीं

ठहरना, मैं जल्द ही वापस आऊँगा।''

राजा के तेज-तर्रार घोड़े उसे महल तक ले गए। वह तेजी से महारानी के कक्ष में गया, जहाँ वह अपनी बाँह पर मच्छरों के काटने के स्थलों को निराशा से देख रही थी। उसने एक गिलास में पानी उड़ेलने के लिए घड़े को तिरछा किया, परंतु कुछ भी बाहर नहीं आया। उसने बार-बार घड़े को तिरछा किया। उसने उसे उलटा करके तले तक गौर से देखा। वह हड्डी की तरह सूखा था।

''धोखेबाज!'' राजा दहाड़ा, ''तो इस तरह तुम मेरे राज्य की जनता को बेवकूफ बना रहे हो। अभी बाहर निकलो और मुझे यह कभी सुनाई न दे कि तुम्हारे पास रोगों के इलाज की जादुई शक्ति है। अगर तुमने फिर ऐसा कोई दावा किया तो मैं हमेशा के लिए तुम्हें गाँव से बाहर कर दूँगा।'' फिर वह अपनी रानी को दिलासा देने लगा, जो अपनी बाँह पर मच्छर दंश के छालों पर आँसू टपका रही थी।

रवि धीरे-धीरे चलकर अपने गाँव वापस आया। वह अपनी दुकान पर गया। वहाँ कोई न था। उसने उस वृद्ध की तलाश की, जिसने पानी माँगा था। वह कहीं दिखाई नहीं दिया। उसने जोर से पुकारा, ''चाचा, मुझे माफ कर दो। मुझसे गलती हो गई। कृपा कर के आ जाइए। मैं आपको पानी दूँगा।'' लेकिन कोई जवाब नहीं आया। अब उसकी समझ में आया क़ि वे वही वृद्ध थे, जिनसे वह एक साल पहले मिला था। उसे वे लोग याद आए, जिनका इलाज उसने दयालुता और संवेदना के चलते किया था और बदले में उन्होंने उसे कितनी दुआएँ और प्यार दिया था। उसे उनकी उदारता के छोटे-छोटे कृत्य याद आए, जब उन्होंने पानी के बदले कुछ सिक्के या अपने बगीचे में उपजी सब्जियाँ उसे उपहार में दी थीं। कब वह इतना खुदगर्ज और लालची बन गया कि उसने उन्हीं लोगों की उपेक्षा की, जिन्हें उसकी

सबसे ज्यादा जरूरत थी? उन वृद्ध सज्जन ने उससे वे शक्तियाँ वापस ले लीं, जब उन्हें महसूस हुआ कि रवि ने उनके उपहार का दुरुपयोग किया था।

कोई बात नहीं, रवि मन-ही-मन मुसकराया। वह पानी के बदले मिले धन का उपयोग गाँव में एक असली डॉक्टर लाने में करेगा, जो दवाओं और रोगों के अपने ज्ञान के जरिए लोगों की मदद करेगा, ताकि उन्हें अपने रोगों के इलाज के लिए किसी जादूगर का इंतजार न करना पड़े।

उस दिन से रवि नदी से लाए गए साधारण पानी से घड़ा भरता। अपनी छोटी सी दुकान पर सावधानी से ले जाता और उस वृद्ध का इंतजार करता। क्या पता किसी दिन वह वापस आए, साथ ही वह अपने गाँव में एक असली डॉक्टर लाने के लिए भी कृत संकल्प था।

अज्जी ने अपनी कहानी समाप्त की और पास बैठे चारों बच्चों के नन्हे चेहरों की ओर देखा। रघु गहरे विचार में डूबा था। अज्जी उसे देखकर मुसकराई। फिर बच्चे चिल्लाए, "अज्जी एक और कहानी सुनाओ?"

"अहा," अज्जी ने कहा, "एक ही दिन में बहुत सी कहानियाँ सुनना भी ठीक नहीं है। एक लड्डू बहुत मीठा और स्वादिष्ट होता है, लेकिन अगर तुम हर समय लड्डू खाते रहे तो मजा नहीं आएगा। अब बाहर जाकर खेलो। मैं कल तुम्हें एक और कहानी सुनाऊँगी।" इतना कहकर वे उठीं और रात के भोजन के लिए पकाए जा रहे व्यंजनों का निरीक्षण करने के लिए रसोई की ओर चल दीं।

□

2

कावेरी और चोर

उस सुबह बच्चे अपने अज्जा के साथ धान के खेतों में गए थे। वे सभी शहरी बच्चे थे और खेती के बारे में कुछ नहीं जानते थे। रास्ते में पेड़ पर एक पक्षी के घोंसले को देखकर आनंद बहुत चकित हुआ। उसने अज्जा से कहा—"मुझे आश्चर्य है कि पक्षी कैसे तय करते हैं कि उन्हें कब और कैसे घोंसला बनाना चाहिए।"

अज्जा ने बताया, "जिन तिनकों से घोंसले बनते हैं, वे धान के खेतों से मिलते हैं। क्या तुम जानते हो, खेती मनुष्यों के लिए जितनी उपयोगी है उतनी ही पक्षियों के लिए भी है।"

जवाब कृष्णा ने दिया, "अज्जा, मैं सोचती थी कि गेहूँ और चावल को पेड़ों से वैसे ही तोड़ा जा सकता है जैसे आम तोड़े जाते हैं, परंतु आज मुझे समझ आया कि खेती में कितनी मेहनत करनी पड़ती है।"

उन्हें बीजों को साफ करने, धान में से भूसे को अलग करने जैसी खेती की गतिविधियों के बारे में जानकर मजा आया था। शहर में तो हर चीज सुपरमार्केट से आती थी, परंतु यहाँ उन्होंने प्रत्यक्ष देखा था कि वे कैसे उपजाई जाती हैं।

उस दोपहर, भोजन के बाद, जब वे उस दिन की कहानी सुनने के लिए अज्जी के चारों ओर इकट्ठे हुए तो उन्होंने बच्चों की ओर पैनी नजरों से देखा।

अज्जी बोलीं, "खेती बहुत महत्त्वपूर्ण है। अगर किसान अन्न न उपजाएँ तो हम सब क्या खाएँगे?"

आनंद कुछ सोचकर बोला, "अगर किसान इतना महत्त्वपूर्ण कार्य करते हैं तो वे इतने गरीब क्यों हैं?"

"यह सच है, मेरे प्यारे बच्चे," पंखा झलते हुए अज्जी ने एक लंबी साँस ली। "बेशक, कुछ अमीर किसान भी हैं, जिनके पास बहुत सारी जमीन है। परंतु हमारे देश में ज्यादातर किसान छोटे भूखंडों पर खेती करते हैं, इसलिए कम पैसे कमा पाते हैं।"

फिर बच्चों के बुझे हुए चेहरे देखकर उन्होंने अपना पंखा नीचे रखा, तनकर बैठीं और बोलीं, "मगर मैं तुम्हें एक गरीब महिला कृषक की कहानी सुना सकती हूँ, जो केवल अपनी तीक्ष्ण बुद्धि के चलते बाद में ज्यादा गरीब नहीं रही!"

"सुनाओ अज्जी! सुनाओ न!" बच्चे चिल्लाए और अज्जी ने कहानी शुरू की।

अपने आलसी पति के कारण कावेरी को बहुत खीज होती थी। जहाँ वह जमीन के एक सख्त, सूखे टुकड़े की देखभाल करने, जोतने और सिंचाई करने में गधे की तरह लगी रहती, वहीं उसका पति घर में मजे से खर्राटे भरता! एक बार तो कुछ खाने और पानी पीने के लिए पूछते हुए जब एक अजनबी घर पहुँचा तो उसके पति ने रसोईघर की ओर इशारा किया और फिर सो गया। सौभाग्य से वह अजनबी एक ईमानदार आदमी था और उसने उतना ही भोजन लिया, जितना उसके

और उसके घोड़े के लिए काफी था। वैसे भी कावेरी के छोटे से घर में चुराने के लिए बहुत कुछ था भी नहीं। वे जमीन के एक पथरीले और बंजर के स्वामी गरीब किसान थे। कावेरी किसी तरह खेत जोतती, आसपास के घरों में छिटपुट काम करती और दो वक्त की रोटी का जुगाड़ करती थी।

खेती की जमीन एक मंदिर से सटी हुई थी। कभी-कभी उसका पति उसकी मदद करने के बहाने उसके साथ आता था, परंतु जैसे ही वह किसी काम से इधर-उधर चली जाती, वह मंदिर के अहाते के पास लेटे-लेटे आते-जाते ग्रामीणों से बतियाता नजर आता था।

एक दिन, जब वह बीज बोने के इरादे से खेत की जमीन खोदने की कोशिश कर रही थी, बड़ी-बड़ी मूँछोंवाला एक पतला सा आदमी उसके पास आ खड़ा हुआ। वह एक शातिर चोर था, परंतु कावेरी को यह मालूम नहीं था। उसने विनम्रता से उसका अभिवादन किया और फिर अपने काम में लग गई। यह चोर मंदिर में चढ़ावे के रूप में आए सिक्कों और शायद मूर्तियों पर से आभूषण भी चुराना चाहता था। मंदिर तक पहुँचने का एकमात्र भूमिगत रास्ता कावेरी का खेत खोदकर बनाया जा सकता था। यह तभी संभव था, जब तगड़ी सी हट्‍टी-कट्‍टी कावेरी को वहाँ से चलता कर दिया जाए।

यह अनुमान लगाते हुए कि कावेरी को पैसों की बहुत तंगी है, चोर उसके कान में फुसफुसाया, "बहन, तुम इस बंजर जमीन पर इतनी कड़ी मेहनत क्यों कर रही हो? तुम इसे मुझे बेच दो तो मैं तुम्हें एक हजार रुपए दूँगा।"

कावेरी का माथा ठनका, यह इतने महँगे दाम पर जमीन क्यों खरीदना चाहता है? जरूर कुछ गड़बड़ है।

चोर ने समझ लिया कि वह जमीन बेचने के लिए तैयार नहीं है,

इसलिए उसने कीमत बढ़ा दी, "एक हजार पचास?"

"नहीं?"

"दो हजार?"

"अब भी नहीं?"

"पाँच हजार?"

"नहीं?"

कावेरी इनकार में सिर हिलाती रही। उसकी जमीन की इतनी कीमत देने को तैयार यह अजीब सा दिखनेवाला आदमी कावेरी को कतई पसंद नहीं आया। यह स्पष्ट था कि उसके इरादे नेक नहीं थे। अंत में उसे चुप करने के लिए कावेरी ने उसे एक कहानी गढ़कर सुनाई।

"मैं यह जमीन कभी नहीं बेचूँगी। तुम्हें पता है, यह मेरे पुरखों की है। अब हम गरीब हैं, लेकिन मुझे बताया गया है कि एक समय हमारा परिवार बहुत समृद्ध था। हालाँकि हमारी धन-दौलत का एक बड़ा भाग हमने खो दिया था, हमारे एक पूर्वज ने उसके एक भाग को डाकुओं से बचाने के लिए यहीं जमीन में दबा दिया था। बहुत वर्ष बीतने के साथ ही लोग उसके बारे में भूल गए। कुछ दिन पहले ही मेरे पति को उस गड़े हुए खजाने की जगह के बारे में सुराग मिला। वरना मैं इतनी कठोर जमीन की खुदाई क्यों करती? बीज बोने के लिए नहीं, जैसा सब समझते हैं। असल में मैं उस छिपे हुए खजाने को खोज रही हूँ!"

चोर हक्का-बक्का रह गया। उसे लगा कि एक अजनबी को इतनी महत्त्वपूर्ण जानकारी देनेवाली यह स्त्री सचमुच भोली है। उसने सोचा कि मैं इस स्थिति का लाभ क्यों न उठाऊँ? कहाँ वह मंदिर से चंद सिक्के चुराने के बारे में सोच रहा था और कहाँ यह औरत एक छिपे खजाने के बारे में बता रही थी। उसने बड़ी विनम्रता से जवाब दिया, "हाँ बहन, मैं समझ सकता हूँ। आखिरकार वह तुम्हारे परिवार का खजाना है। केवल

तुम्हीं उसकी हकदार हो।''

अपनी भलमनसाहत का नमूना पेश करने के बाद उसने वहाँ से दूर चले जाने का नाटक किया, परंतु असल में थोड़ी दूर जाकर ही वह छिप गया।

रात घिर आई, कावेरी ने अपने औजार समेटे और घर की ओर रवाना हो गई। मंदिर भी खाली हो गया और पुजारी ने उस रात के लिए मंदिर के दरवाजे पर ताला लगा दिया, फिर आधी रात को जब सब तरफ शांति थी और रात्रि में विचरण करने वाले प्राणी अपने घरों से निकलने लगे थे; वह चोर चुपके से खेत में आया।

खजाने की तलाश में वह सारी रात खेत को खोदता रहा, खोदता रहा, फिर भी उसे छिपे खजाने का कोई चिह्न नजर नहीं आया। दरअसल, वहाँ कभी कोई खजाना छिपाया ही नहीं गया था। जब पौ फटी तो उसे समझ आया कि कावेरी ने उसे मूर्ख बनाया था और अब वह यही कर सकता था कि जल्दी-से-जल्दी वहाँ से निकल जाए।

जब कावेरी खेत पर पहुँची तो मुसकराए बिना न रह सकी। उसने जैसी उम्मीद की थी, चोर सारी रात उसके लिए खेत की बढ़िया खुदाई करता रहा था। अब उसे केवल बीज बोने थे। अगले कुछ महीनों तक उसने खेत में कड़ी मेहनत की और एक अच्छी फसल उगाने में सफल रही। उसने वह उपज बेच दी और अंततः अब उनके पास कुछ पैसा था। इस धन के एक भाग से कावेरी ने कुछ गहने खरीदे।

कई महीनों बाद उस चोर ने गाँव में एक बार फिर अपना चेहरा दिखाने का फैसला किया। हालाँकि उसने अपना भेस बदलने में पूरी सावधानी बरती थी। उसने अपनी लंबी मूँछें छोटी करवा ली थी, सिर पर एक रंग-बिरंगी पगड़ी बाँध ली थी और एक घुमक्कड़ फेरीवाला बनने का नाटक किया था। उसने जैसे ही गाँव में कदम रखा, उसकी नजर

अपने काम में व्यस्त कावेरी पर पड़ी। पर यह क्या था उसने साल भर पहले जिस सादगीपूर्ण महिला को देखा था, उसके स्थान पर वह कई आभूषण पहने घूम रही थी। मानो वे वर्षों से उसके परिवार की संपत्ति रहे हों। चोर ने अनुमान लगाया, उसे जरूर वह खोया हुआ खजाना मिल गया होगा। चोर ने कावेरी के घर में घुसकर बचे हुए खजाने पर हाथ साफ करने का संकल्प लिया।

उसी रात वह कावेरी के घर आया और उसके पति से बोला, ''मैं एक यात्री हूँ और मेरे पास रात गुजारने का कोई ठिकाना नहीं है। कृपा करके मुझे रात बिताने के लिए थोड़ी सी जगह दीजिए।''

कावेरी का पति तुरंत मान गया। कावेरी ने घर के भीतर से उस आदमी की झलक देख ली। इतना ही नहीं, उसके बदले हुए भेस में भी उसे पहचान लिया था। वह जरूर चोरी की योजना बना रहा होगा, इसलिए उसने ऊँची आवाज में अपने पति से कहा, ''प्रिय सुनो, तुम्हारी प्रिय चाची आज रात घर में अकेली हैं और उन्होंने हमसे वहाँ आकर रहने को कहा है। तुम जानते हो कि जब तुम्हारे चाचा वहाँ नहीं होते तो उन्हें अँधेरे से कितना डर लगता है। चलो, आज रात हम वहीं रुकेंगे।''

फिर आवाज कुछ धीमी करते हुए, फिर भी यह सुनिश्चित करते हुए कि उसकी बात ठीक से सुनी जाए, उसने आगे कहा, ''और गहनों के बारे में चिंता मत करो। मैंने उन्हें घर की दीवारों में बने छोटे-छोटे सुराखों में छिपा दिया है। उन पर किसी की नजर नहीं जाएगी।'

फिर वह बाहर आई और अपने सामान्य स्वर में चोर से बोली, ''भैया, आप बरामदे में सो सकते हैं। घर पर ताला लगा रहेगा। आपके लिए कुछ भोजन और पानी यहाँ रखा है। हम कल सुबह वापस आएँगे।'' चोर कावेरी की मूर्खता पर मन-ही-मन मुसकराया।

इस बीच कावेरी के पति इस उलझन में उलझ गया कि कावेरी

कौन सी चाची और कौन से गहनों की बात कर रही है! पति ने एक बार कावेरी की ओर घूरकर देखा पर जब कावेरी घर से निकल आत्मविश्वास से आगे बढ़ी तो वह भी उसके पीछे चलने लगा।

चोर को अपनी खुशकिस्मती पर भरोसा नहीं हो रहा था। उसे सोने के गहनों के छिपे हुए ढेर तक पहुँचने के लिए, घर की छानबीन करने और सभी दीवारों का निरीक्षण करने के लिए पूरी रात मिली थी। उसने अपना काम शुरू कर दिया। ठक, ठक, ठक। सारे सामान को तितर-बितर करते हुए उसने गहनों की खोज शुरू कर दी। गहने पाने की उम्मीद में जगह-जगह ठोका-ठाकी की और दीवारों पर लातें चलाईं। अंत में उसने सभी दीवारों को ध्वस्त कर दिया। परंतु न, उसे कुछ मिलना था और न मिला। थककर चूर होने के बाद वह सो गया और सूरज निकलने पर मुरगों की बाँग सुनकर उठ बैठा। उसने जल्दी से अपनी चीजों को समेटा और वहाँ से भाग निकला। कुछ मिनट बाद ही कावेरी और उसका पति वापस आ गए।

"ओह कावेरी, देखो उस दुष्ट ने हमारे घर की क्या हालत बना दी है। तुमने उसे भोजन और आसरा दिया और रातभर उसे अकेला छोड़ देने के लिए मुझे भी अपने साथ ले गई।" इतना कहते-न-कहते कावेरी का पति रोने-धोने लगा। उधर कावेरी मुसकरा रही थी।

कावेरी हँसते हुए बोली, "चिंता मत करो। यह सब मेरी योजना के अनुसार ही हुआ है। तुम्हें पता है इस घर को दोबारा बनवाने के लिए मैंने पिछली फसल से हुई आमदनी का एक भाग बचाया था। इस घर को गिराने के लिए मुझे कुछ मजदूरों की जरूरत पड़ती, परंतु हमारे मेहमान ने यह काम मुफ्त में ही कर दिया है। अब हम अपने लिए एक बड़ा घर बनवा सकते हैं, जैसा हम हमेशा चाहते थे।"

पूरे गाँव ने यह कहानी सुनी और वे सब कावेरी की बुद्धि की

प्रशंसा करने लगे। फिर कई महीने बीत गए। चोर बदले की आग में जल रहा था। कैसे उस देहाती औरत ने उसे मूर्ख बनाया। वह भी एक नहीं दो बार। वह समझ गया कि वह बहुत चालाक है।

एक दिन उसने चूड़ियाँ बेचनेवाले का भेस बनाया और कावेरी के गाँव में घूमने लगा। कावेरी ने उसे देखा और तुरंत पहचान गई। उसने चूड़ीवाले के आसपास जमा अपनी सहेलियों से कहा, ''प्यारी बहनो, काश मैं भी अपने लिये कुछ चूड़ियाँ खरीद पाती, मगर जब से उस मुए चोर ने हमारा घर तहस–नहस करके हमारा सारा धन चुराने की कोशिश की है, मैंने अपनी सारी कीमती चीजें जंगल में एक पेड़ की खोह में रख दी हैं।''

''कौन सा पेड़?'' सहेलियों ने पूछा।

''नहीं, मैं बताऊँगी नहीं कि कौन सा पेड़, परंतु यह तय है कि जंगल में मेरे गहने सुरक्षित हैं।''

चोर ने उसकी ओर देखा। कावेरी एक साधारण साड़ी पहने थी और उसके बदन पर एक भी गहना नहीं था।

जिस तरह से चूड़ीवाले ने अपना चूड़ियों का बक्सा जमीन पर पटका और जंगल की तरफ भागा, उसे देखकर कावेरी की सहेलियाँ दंग रह गईं। केवल कावेरी एक हलकी सी मुसकान के साथ यह देखती रही।

जंगल पहुँचकर चोर ने गहनों की खातिर सारा जंगल छान मारा। वह पेड़ों पर चढ़ा, कँटीली झड़ियों में घुसा। मधुमक्खी और मच्छरों द्वारा काटा गया, मगर उसने हार नहीं मानी। गहने जरूर यहीं कहीं थे और उसे हर हाल में उन्हें हासिल करना था। और इस तरह धन और गहनों की तलाश में जंगल की खाक छानते उस चोर को हम यहीं छोड़ते हैं।

गाँव को उस चोर से निजात दिलाने के लिए हर कोई कावेरी की

बुद्धिमत्ता की प्रशंसा कर रहा था। उसने कड़ी मेहनत जारी रखी और खेती से कमाए रुपयों से एक दिन एक अमीर वृद्धा बन गई। बाद में उसके पति को भी अपने निकम्मेपन पर शर्म आई और उसने भी कामकाज में हाथ बँटाना शुरू कर दिया था। जहाँ तक उस चोर का सवाल है, कौन जाने उस पराई दौलत की तलाश में वह अब भी उसी जंगल में भटक रहा हो। अगर उसने भी कावेरी की तरह कड़ी मेहनत करना सीख लिया होता तो वह भी उतना ही अमीर बन गया होता।

कहानी समाप्त होने के बाद बच्चे देर तक हँसते रहे।

"बेचारा चोर!" मीनू और कृष्णा ने हँसते हुए कहा, "हो सकता है, उसे शेर खा गया हो।"

अज्जी मुसकराईं, "देखो," उन्होंने आनंद से कहा, "कई बार थोड़ी सी किस्मत और बहुत सारे जीवट के साथ लोग किसी भी विपरीत स्थिति को बदल सकते हैं।"

□

3

उनमें से सबसे सुखी कौन था?

मीनू नाराज थी। वह रूठी हुई थी और अज्जी से बात नहीं कर रही थी, परंतु कोई भी बच्चा अज्जी से बहुत देर तक नाराज कैसे रह सकता था। फिर उनकी दादी भी इतनी स्नेहमयी थीं कि कोई भी उन्हें बताए बगैर नहीं रह सकता था कि उसके साथ क्या गलत हुआ है।

''अज्जी, तीन दिन हो गए और आपने अब तक राजा की कहानी नहीं सुनाई है।'' मीनू भुनभुनाई।

अज्जी ने सिर हिलाया, ''यह सच है मीनू। वह मेरी गलती थी; मुझे उसी समय तुम्हें राजा की कहानी सुना देनी चाहिए थी।''

''और मैं एक अच्छा सज्जन राजा चाहती हूँ, जो अपनी प्रजा की भलाई के लिए काम करता हो, न कि उन्हें सजा देने और जेल में बंद कर देने जैसे बुरे काम करता हो।'' सीधे तनकर बैठते हुए मीनू ने अपनी पसंद बताई।

''ठीक है, मेरी प्यारी बच्ची। यहाँ एक वैसा ही राजा है, जैसा तुम चाहती हो।''

और अज्जी ने कहानी शुरू की।

राजा अमृत अपनी प्रजा से प्यार करता था और अपने राज्य का राजकाज अच्छे ढंग से चलाता था। उसका मंत्री चंदन एक बुद्धिमान आदमी था और राज चलाने में राजा की अथक मदद करता था।

एक दिन राजा अमृत और चंदन महल की छत पर टहल रहे थे। छत से आसपास का दृश्य बहुत सुहावना नजर आता था और वे दूर तक की चीजें देख सकते थे। वहाँ से उन्हें साप्ताहिक बाजार नजर आया, जहाँ रंग-बिरंगे कपड़े पहने लोग सभी तरह की वस्तुएँ खरीद और बेच रहे थे। वहाँ खरीदने के लिए बहुत कुछ था और वह सब खरीदने के लिए लोगों के पास पैसा भी था। कहीं भी कोई गरीब व्यक्ति दिखाई नहीं दे रहा था। यह दृश्य देखते हुए राजा के चेहरे पर मुसकान थी। अपने राज्य की समृद्धि को देखकर वह बहुत खुश था। किसी भी अच्छे राजा की तरह वह अपनी प्रजा को खुश देखकर खुश था।

चंदन की ओर देखते हुए उसने कहा, ''देखो, मेरी प्रजा कितनी संतुष्ट है। परंतु उनसे प्रत्यक्ष बात करके मैं इसका परीक्षण करना चाहता हूँ। कल सभी क्षेत्रों में काम कर रहे लोगों को दरबार में बुलाओ। मैं स्वयं उनसे पूछूँगा कि उनका जीवन कैसे चल रहा है।''

चंदन राजा के अनोखे आदेशों को सुनने का अभ्यस्त था, इसलिए उसने सिर झुकाया और इस आदेश का पालन करने के लिए वहाँ से चला गया।

अगले दिन खुशमिजाज राजा गुनगुनाते हुए दरबार में आया। इतने सारे लोगों को अपने इंतजार में बैठा देख वह और भी ज्यादा खुश हुआ। उसने अपना गला साफ किया और ऊँचे स्वर में बोला, ''आज एक बहुत महत्त्वपूर्ण सवाल पूछने के लिए मैंने आप सबको यहाँ बुलाया है। आपका राजा होने के नाते मैं यह जानना चाहता हूँ कि क्या आप सब लोग अपने जीवन से संतुष्ट हैं? अपनी जरूरतें पूरी करने के लिए क्या

आपके पास पर्याप्त पैसा है ? क्या आप किसी ऐसे व्यक्ति को जानते हैं, जो किसी भी कारण से नाखुश हो ?''

नागरिकों ने एक-दूसरे की ओर देखा, कुछ क्षणों तक सोचा और जवाब देने के लिए धीरे-धीरे एक के बाद एक सामने आए। सभी ने बारी-बारी से यही बताया कि वे कितने खुश थे, उनकी रसोई में पर्याप्त खाद्य पदार्थ थे, उनके व्यापार-व्यवसाय अच्छे चल रहे थे। राजा के शासन में वे सुरक्षित महसूस करते थे। किसानों ने अच्छी फसलें उगाई थीं तथा नदियों और तालाबों में भरपूर मछलियाँ थीं। इससे ज्यादा वे क्या चाह सकते थे।

यह सब सुन-सुनकर राजा और ज्यादा खुश होता गया। परंतु यह सब देख-सुनकर केवल उसके मंत्री चंदन की भवें तनी हुई थीं। क्यों ? गड़बड़ क्या थी ? जल्द ही वह राजा के पास गया और उसके कान में कुछ कहा। आश्चर्य से राजा अमृत की भवें भी तन गईं। निश्चित रूप से चंदन इस मामले में गंभीर नहीं था। उसने मंत्री के चेहरे को ध्यान से देखा, मगर उसके चेहरे पर ऐसा कोई भाव न था, जिससे यह आभास हो कि उसने मजाक में वह बात कही है।

राजा दरबार की ओर मुखातिब हुआ और उसने एक अत्यंत असामान्य घोषणा की, ''मुझे बहुत खुशी है कि आप सबने कहा है कि आप खुश हैं, परंतु मैं इसका परीक्षण करना चाहता हूँ। मैं चाहता हूँ कि मेरे राज्य के सभी सुखी लोग कल आकर मुझसे शाही बाग में मिलें, परंतु मेरी एक शर्त है। आप सबको बाग के मुख्य गेट से प्रवेश करना होगा, फिर उसे पार करके बाग के पिछले गेट के पास मुझसे मिलना होगा। वहीं मैं आपका इंतजार करूँगा। जब आप बाग में प्रवेश करेंगे, आप में से हर एक को एक थैला दिया जाएगा, जिसमें आप जितना दिल करे उतने फूल और फल भर सकते हैं।''

भीड़ के लोगों के बीच उत्साहपूर्ण चर्चा का कोलाहल सुनाई देने लगा। घोषणा में जो कुछ कहा गया था, वह उन्हें बड़ा मजेदार लगा। आमतौर पर राजा के विशिष्ट उद्यान में किसी को जाने की आज्ञा नहीं थी। उसने सारी दुनिया से पौधे मँगाकर अपने उद्यान में लगवाए थे और वह कथित रूप से सभी प्रकार के सुंदर और अनोखे पेड़-पौधों से भरा हुआ था।

अगले दिन नियत समय पर सभी लोग बगीचे के प्रवेश द्वार के पास इकट्ठे हो गए। राजा के बताए समय पर उद्यान के सुरक्षाकर्मियों ने गेट खोल दिए और हर एक व्यक्ति के हाथ में थैला थमा दिया। पुरुष, स्त्रियाँ और बच्चे सभी उस सुंदर बगीचे में घूमने लगे। उन्होंने रसीले सेब और आम पेड़ों से लटकते देखे। वे तब तक इन्हें थैलों में भरते रहे, जब तक वे ऐसे रसीले अनार, अंगूर और रंग-बिरंगें फूलों तक नहीं पहुँचे, जिन्हें इससे पहले किसी ने नहीं देखा था। लोग अपनी इच्छानुसार फल और फूल अपने थैलों में भरते रहे। परंतु जैसे-जैसे वे बाग के भीतरी भाग में पहुँचे, वह बाग से ज्यादा एक जंगल की तरह दिखाई देने लगा और वहाँ उन्होंने सोने के सेब, चाँदी के आम और रत्नों से जड़े फूलोंवाले पेड़-पौधे देखे!

सभी ने पहले जमा किए फूलों और फलों से भरे अपने थैले खाली कर दिए और पागलों की तरह उनमें ये कीमती फल और फूल भरने लगे। वे सभी भूल गए कि उन्होंने राजा के सामने कहा था कि उनके पास उनकी जरूरत से भी ज्यादा चीजें हैं। लालच ने उनके मन पर कब्जा कर लिया था और वे अपने थैलों में ज्यादा-से-ज्यादा सोना, चाँदी और रत्न भरने के सिवाय कुछ नहीं सोच पा रहे थे। उन्होंने जो ढेर सारे फल पहले जमा किए थे और जिनका स्वाद अमृत की तरह मीठा था, अब बगीचे में बिखरे पड़े थे, सड़ने के लिए।

फिर अपने थैलों को ठसाठस भरकर नागरिकों ने पिछले निकास

द्वार की ओर रुख किया, जहाँ राजा उनकी प्रतीक्षा कर रहा था। परंतु यह क्या? यह देखकर वे दंग रह गए कि तेजी से बहती एक नदी उनका रास्ता रोक रही थी। कुछ चट्टानों के पीछे से पानी तेजी से बहकर आ रहा था और छोटे-बड़े पत्थरों पर से बहता हुआ बगीचे के बीच से गुजर रहा था। नदी सँकरी थी, परंतु पानी का बहाव बहुत तेज था। लोगों को उस पार ले जाने के लिए कोई नाव भी नहीं थी। यह स्पष्ट था कि तैरकर पार करने के सिवाय कोई उपाय न था, परंतु सोने और चाँदी के फलों से भरे इतने भारी थैलों के साथ वे कैसे तैर सकते थे?

लोग बड़ी देर तक नदी के पास सिर खुजाते रहे। फिर एक युवक ने वही किया जो सभी जानते थे कि क्या किया जाना चाहिए। उसने अपना थैला नदी किनारे छोड़ा पानी में उतरा और हाथ-पैर मारते हुए दूसरे पार लग गया। धीरे-धीरे दूसरों ने भी ऐसा ही किया। बहुत दुःखी मन से अपने थैले, जिनमें इतनी दौलत थी कि वे पूरी जिंदगी कमा नहीं सकते थे, वहीं छोड़ते हुए उन्होंने नदी में छलाँग लगाई। फिर गीले, दुःखी और क्रुद्ध ये लोग अपने राजा के पास पहुँचे।

राजा अमृत और मंत्री चंदन ने इन लोगों को गीले कपड़ों में भारी कदमों से आते देखा। चंदन के चेहरे पर हलकी सी मुसकान थी, जबकि राजा उदास दिखाई दे रहा था। जब वे लोग उसके सामने जमा हो गए तो उसने कहा, "कल जब मैंने तुम सब से पूछा था कि क्या तुम अपने जीवन से खुश हो तो सभी ने कहा था कि हम अपने जीवन से संतुष्ट हैं और हमें और किसी चीज की जरूरत नहीं है। फिर भी तुमने मेरे बगीचे से जो दौलत जमा की थी, उसे पीछे छोड़कर आने के कारण तुम्हारे चेहरों पर उदासी देख रहा हूँ। अगर तुम अपने जीवन से सचमुच संतुष्ट थे तो तुमने वे रत्नजड़ित फल क्यों जमा किए और अब तुम इतने दुःखी क्यों हो?"

अपने व्यवहार पर लज्जित होकर सभी ने नजरें झुका लीं। केवल वह युवक, जिसने सबसे पहले अपना थैला किनारे रखकर नदी पार की थी, निर्लिप्त भाव से खड़ा था। चंदन ने भीड़ में से इस खुशनुमा चेहरे को देखा और उसे आगे आने का इशारा किया। फिर उससे पूछा, ''तुम बताओ, अचानक मिली इतनी सारी दौलत को पीछे छोड़ आना पड़ा, क्या तुम्हें इसका दुःख नहीं है?''

युवक ने कहा, ''मैंने सोने, चाँदी और रत्नोंवाले फल-फूल नहीं तोड़े थे। मैंने कुछ मोहक-मीठे फल तोड़े थे और उन्हें जी-भरकर खाया भी था। मैंने थैले में अपनी छोटी सी बच्ची के लिए वही फल रखे थे। मैंने सोचा था कि वे स्वादिष्ट सेब और आम खाकर वह खुश हो जाएगी। परंतु जब मैंने देखा कि नदी के पार जाने का और कोई उपाय नहीं है तो थैले को नदी किनारे छोड़ देने के बारे में दोबारा नहीं सोचा। मेरी बेटी को स्वादिष्ट फल किसी और बगीचे से भी मिल सकते हैं! मैं तो इस बात से ही खुश हूँ कि हमारे राजा साहब ने हमें तरह-तरह के पेड़-पौधे और जानवर देखते हुए अपने बगीचे में घूमने का मौका दिया। इतना खूबसूरत बगीचा बनवानेवाले हमारे राजा महान् हैं और उसमें घूमने में हमें बड़ा आनंद आया।''

आखिरकार, राजा अमृत के चेहरे पर मुसकान आई। मंत्री चंदन उनकी ओर मुड़ा और बोला, ''महामहिम, मुझे आशा है कि आप समझ गए होंगे कि लोगों के पास पर्याप्त भोजन या धन होना उनके पूर्ण संतोष का प्रमाण नहीं है। उनके मन में भी खुशी होनी चाहिए। तभी धन की हानि या लाभ उनके जीवन को इतना अधिक प्रभावित नहीं करेगी। यही वह सबक है, जिसे सभी को चाहे वह राजा हो या सामान्य नागरिक, याद रखना होगा।''

राजा ने सहमति में सिर हिलाया और प्रजा ने भी। यह एक ऐसा

सबक था, जिसे वे जल्दी नहीं भूल पाएँगे।

"मीनू, क्या तुम्हें यह कहानी अच्छी लगी?" रघु ने पूछा।

"हाँ," मीनू ने सिर हिलाया "परंतु मुझे राजा से मंत्री ज्यादा अच्छा लगा!"

"यह सही है मीनू," अज्जी सहमत थीं, "कभी-कभी सही रास्ता दिखाने के लिए राजाओं को बुद्धिमान मंत्रियों की जरूरत पड़ती थी। तुम्हें याद है अकबर के पास बीरबल था और कृष्णदेवराय के पास तेनालीराम। और राजा ही क्यों, हम सब को ऐसे व्यक्तियों की जरूरत होती है जो हमें कह सके कि जो कुछ हम कर रहे हैं, वह गलत है। वे हमारे माता-पिता, दादा-दादी, शिक्षक या हमारे सर्वोत्तम मित्र भी हो सकते हैं। महत्त्वपूर्ण बात यह है कि उनकी बात सुनी जाए और जरूरत पड़ने पर हम अपनी राह बदल लें।"

□

4

मायामय बिच्छू

उस दिन की सुबह बच्चों के लिए कितनी मजेदार थी! अज्जा ने अपने पुराने स्टोर रूम की सफाई में उनकी मदद माँगी थी। अज्जी को इससे चिढ़ थी, परंतु अज्जा को सब तरह की पुरानी वस्तुएँ इस रूम में रखने का शौक था। अज्जी को पक्का विश्वास था कि वह कमरा काक्रोचों, चूहों, दीमकों और इसी तरह के कीड़े-मकोड़ों का प्रमुख आकर्षण का केंद्र था। हर गरमी की छुट्टियों में बच्चे एक दिन उस कमरे को साफ करवाने में बिताते थे और इस प्रक्रिया में अपने हाथ लगे खजाने जैसी वस्तुओं पर उछल-उछलकर शोर मचाते थे। अज्जा उन्हें अपनी पसंद की चीजों को रखने की इजाजत भी देते थे। अलबत्ता, उनकी माँओं को यह बात पसंद नहीं आती थी।

आज उन्हें लकड़ी का एक पुराना बक्सा मिला था। वह एक बड़ा संदूक था, जिस पर सुंदर फूल, पत्तियाँ और लताएँ उकेरी गई थीं। उसके भीतर सभी तरह की वस्तुएँ रखने के लिए छोटे-छोटे खन बने हुए थे। अभी ये खन खाली थे, परंतु 'ट्रेजर आइलैंड' नामक पुस्तक पढ़ चके रघु ने कल्पना की कि किसी समय उन खनों में सोने और चाँदी के सिक्के,

अंडों जितने बड़े रत्न और सभी तरह के आभूषण रखे जाते होंगे।

उस संदूक का अच्छी तरह परीक्षण करने के बाद बच्चों ने तय किया कि आज की कहानी खोए हुए खजाने के बारे में होनी चाहिए। सो दुनिया की हर चीज से संबंधित कहानी जाननेवाली अज्जी ने सीधे कहानी सुनाना शुरू कर दिया।

सिद्धार्थ अच्छे स्वभाव का एक युवा व्यापारी था। अपने काम के सिलसिले में वह एक गाँव में आया। वहाँ के लोग उसे इतने अच्छे लगे कि उसने अपनी सारी जमा पूँजी से एक घर खरीदकर हमेशा के लिए वहीं रहने का फैसला किया। मकान की तलाश करते हुए उसे उदय मिला।

उदय एक गरीब आदमी था। उसका परिवार कभी अत्यधिक धनी जमींदार परिवार हुआ करता था, परंतु अब उनकी आर्थिक स्थिति अच्छी नहीं थी। अपने परिवार पर चढ़े कर्ज को उतारने के लिए उदय अपनी पुरानी पुश्तैनी हवेली को बेचना चाहता था।

उदय ने जो भवन दिखाया, वह सिद्धार्थ को बहुत पसंद आया और उसने उसे तुरंत खरीद लिया। फिर वह उस खस्ताहाल हवेली की मरम्मत के काम में जुट गया। जब उसने पुराने फर्श को खुदवाया तो उसे जमीन में गड़ा एक सीलबंद संदूक मिला। जब उसने उसे खोला तो उसके होश उड़ गए। उसमें बिच्छू भरे पड़े थे। उसने डरकर वह संदूक दूर फेंक दिया।

उसी शाम वह गाँव के सबसे बुद्धिमान आदमी के पास गया और उससे बिच्छुओं वाले संदूक के बारे में पूछा। उस आदमी ने कुछ देर सोचा, फिर बोला, ''हो सकता है कि उदय के पूर्वजों ने यह सोचकर उस संदूक में कुछ धन छिपाकर उसे घर में ही गाड़ दिया हो कि भविष्य में परिवार के किसी व्यक्ति को जरूरत पड़ने पर वह उसके काम आ सके। समय बीतने के साथ उस संदूक के अस्तित्व के बारे में किसी को

भी याद न रहा हो।''

सिद्धार्थ अब भी उलझन में था, ''परंतु उस संदूक में धन नहीं, बिच्छू थे,'' उसने कहा।

वह वृद्ध मुसकराया, ''वह संदूक एक पुराने जादू से संरक्षित है। अगर वह उस परिवार से बाहर के किसी व्यक्ति द्वारा खोला जाता है तो ऐसा प्रतीत होगा मानो उसमें बिच्छू रेंग रहे हों। केवल उस परिवार का सदस्य ही देख पाएगा कि उस संदूक में धन है।''

यह कहानी सुनकर सिद्धार्थ उदास हो गया। उसे वे आँसू याद आए जो गाँव छोड़ने से पहले अपने पुश्तैनी घर को आखिरी बार देखते हुए उदय की आँखों में भर आए थे। अगर उसे उस छिपे हुए खज़ाने के बारे में पता होता तो उसे हवेली बेचने के लिए मजबूर न होना पड़ता।

जब सिद्धार्थ घर पहुँचा तो उसने उस संदूक को तब तक हिफाजत से रखने का फैसला किया, जब तक उदय के परिवार में से कोई उसे लेने के लिए न आए। यह सुनिश्चित करने के लिए कि वह संदूक उदय के परिवार के किसी असली वंशज को ही मिले, उसने उस संदूक में से चार बिच्छू निकालकर उन्हें अपनी नई दुकान के चार कोनों में लटका दिया।

जब भी कोई ग्राहक उस दुकान पर आता, वह यही टिप्पणी करता, ''सिद्धार्थ, क्या तुम पागल हो? तुमने इन खतरनाक जंतुओं को अपनी दुकान में क्यों लटका रखा है? क्या तुम अपने ग्राहकों को डराकर उन्हें दूर रखना चाहते हो?''

परंतु सिद्धार्थ केवल मुसकरा देता। वह जानता था कि उसके जैसी वस्तुएँ मीलों तक किसी दुकान में नहीं थीं और बिच्छू हों या न हों, लोग सामान खरीदने के लिए उसकी दुकान में ही आएँगे। धीरे-धीरे उसकी दुकान बिच्छुओं वाली दुकान के रूप में जानी जाने लगी और गाँववाले पीठ-पीछे उसकी हँसी उड़ाने लगे। परंतु सिद्धार्थ ने इसकी परवाह नहीं की।

कई साल गुजर गए। सिद्धार्थ पत्नी और बड़ी उम्र के बच्चों और अच्छी-खासी धन दौलत के साथ अब एक अधेड़ उम्र का व्यक्ति था, परंतु उसके मन में एक ही मलाल था। उस संदूक पर अपना हक जताने के लिए कोई नहीं आया था।

एक दिन एक किशोर उसकी दुकान में दाखिल हुआ और बोला, "महोदय, मैंने गाँव के बहुत से लोगों से सुना है कि आप धनाढ्य हैं और अकसर जरूरतमंदों की मदद करते हैं। मुझे स्कूल की पढ़ाई बंद करनी पड़ी थी, क्योंकि मैं फीस जमा करने में असमर्थ था। क्या आप मुझे कुछ रुपए उधार देंगे, ताकि मैं अपनी पढ़ाई जारी रख सकूँ?"

सिद्धार्थ ने बुझे मन से सिर हिलाया, "गाँववालों ने मेरी संपत्ति के बारे में बढ़ा-चढ़ाकर बताया है। यह सच है कि मैं काफी कमा लेता हूँ, मगर इतना भी नहीं कि मैं तुम्हारी मदद कर सकूँ या रुपए उधार दे सकूँ, हालाँकि अगर मैं ऐसा कर सकता तो मुझे खुशी होती।"

यह सुनकर लड़का गुस्से से उबल पड़ा, "महोदय, अगर आप मेरी मदद नहीं करना चाहते तो खुलकर ऐसा कहिए। आप झूठ क्यों बोलते हैं? आपके पास इतना धन है कि आप नहीं जानते कि उसका क्या करें। अन्यथा आपने अपनी दुकान के चारों कोनों में सोने के सिक्के क्यों लटका रखे हैं? निश्चय ही, मेरे जैसे एक गरीब विद्यार्थी की मदद करने के लिए आप कुछ सिक्के खर्च कर सकते हैं।"

सिद्धार्थ ने अचरज से उसकी ओर ध्यान से देखा, "क… क्या? तुमने क्या कहा?" उसने पूछा, उसकी आँखें उत्तेजना से फैल गई थीं।

"मैंने कहा कि अगर आप मेरी मदद नहीं करना चाहते…।" लड़के ने दोहराया।

"हाँ-हाँ, वह मैंने सुना।" सिद्धार्थ उसे टोकते हुए बोला, "परंतु तुमने उसके बाद क्या कहा—मेरी दुकान में सोने के सिक्कों के बारे में?"

अब लड़के ने सिद्धार्थ की ओर संदेह की दृष्टि से देखा; वह सोच रहा था कि यह उत्तेजित बूढ़ा आदमी थोड़ा पागल तो नहीं है, "मैंने कहा कि आप इतने धनवान हैं कि आपने दुकान के चारों कोनों में सोने के सिक्के लटका रखे हैं। वो देखिए, सारी दुनिया उन्हें देख सकती है!" और लड़के ने उस ओर इशारा किया जहाँ सिद्धार्थ को चार छटपटाते हुए बिच्छू जैसे दिखाई दे रहे थे।

सिद्धार्थ ने खुश होकर ठहाका लगाया। वह तेजी से आगे बढ़ा और लड़के को गले लगा लिया।

"क्या तुम उदय कमलाकर के रिश्तेदार हो ? क्या तुम्हारा परिवार कभी इस गाँव में रहा है ?" उसने लड़के से लगभग चिल्लाकर पूछा।

किशोर कुछ सहमकर पीछे हट गया। शायद यह धनवान आदमी सचमुच पागल और खतरनाक था। "हाँ…हाँ, मेरा नाम उदय है। मेरा नाम मेरे दादा के नाम पर रखा गया था। उनका परिवार कई पीढ़ियों तक यहाँ रहा था। फिर जब कठिन समय आया तो मेरे दादा अपना पुराना मकान बेचकर यहाँ से चले गए। वे अपनी पुश्तैनी हवेली को बेचने के दु:ख से कभी उबर न पाए और इसी गम में चल बसे।"

सिद्धार्थ ने उसकी आँखों से आँसू पोंछे, "तुम यहीं रुको, मेरे बेटे!" उसने कहा। वह दौड़कर अपने घर गया, उस पुराने संदूक को साथ लेकर वापस आया और उसे उस लड़के को सौंपते हुए बोला, "अब इसे खोलो और मुझे बताओ कि इसमें क्या है ?" उसके चेहरे पर एक दबी हुई सी मुसकान थी।

लड़के ने संदूक खोला तथा आश्चर्य और हर्ष से उसकी आँखें फैल गईं, क्योंकि उसकी आँखों के आगे इतना बड़ा खजाना था, जिसकी वह कल्पना भी नहीं कर सकता था। वह संदूक सोने और चाँदी के सिक्कों और रत्नों से भरा हुआ था।

उसने चकित होकर सिद्धार्थ की ओर देखा, जो मंद-मंद मुसकरा रहा था, ''हाँ, यह सब तुम्हारा ही है,'' सिद्धार्थ ने उसे समझाया, ''इस आशा में कि उदय के परिवार से कोई आकर इस पर अपना दावा पेश करेगा, मैंने बरसों सँभाले रखा। अब तुम्हारी सभी परेशानियाँ खत्म हो जाएँगी। अब घर जाओ, अपने पुरखों की दौलत को समझदारी से खर्च करो और जीवन को सफल बनाओ।''

फिर उसने उस लड़के को पूरी कहानी सुनाई कि उसे वह संदूक कैसे मिला था, जो उदय के परिवार से बाहर के हर व्यक्ति को बिच्छुओं से भरा दिखाई देता था।

यह कहानी सुनकर उदय को अचंभा हुआ। कृतज्ञतावश, उसने आधी दौलत सिद्धार्थ को देने का प्रस्ताव किया, परंतु सिद्धार्थ कुछ भी सुनने के लिए तैयार न था, ''यह तुम्हारा है,'' उसने आग्रह किया, ''जाओ और जीवन का आनंद लो।''

उदय वह संदूक लेकर चला गया और जिंदगी भर वह उस खुशमिजाज ईमानदार वृद्ध को याद करता रहा, जिसने वह सारी धन-संपदा उसके लिए सँभाल कर रखी थी।

''वाह, कितनी सुंदर कहानी थी, अज्जी,'' कृष्णा उछल पड़ी, ''काश, हमारे शहर में भी कोई ऐसा ही दुकानदार होता!''

सभी बच्चे इस पर सहमत थे कि ऐसा होता तो कितना मजा आता। अज्जी उनके स्वप्निल चेहरों को देखकर हँसीं। फिर उन्होंने बच्चों को बाहर बगीचे में खेलने के लिए भेज दिया।

और क्या आप जानते हैं कि देर शाम तक वे क्या खेलते रहे? बेशक, खजाने की खोज!

□

5

घोड़ों और लीद की डरावनी कहानी

अगले दिन उस गरमी के मौसम में अकस्मात् वर्षा हुई। जमीन से सोंधी-सोंधी खुशबू आने लगी। प्यासी धरती ने वर्षा की एक-एक बूँद सोख ली थी। बारिश शुरू होने पर बच्चे आगे और पीछे के अहातों में घूमते पिल्लों और बिल्ली के बच्चों को घर के अंदर लाने में व्यस्त रहे। उनकी माँएँ छत पर सूखने के लिए फैलाए पापड़ों को समेटने में व्यस्त थीं। गरमियों के मौसम में, अज्जी के नेतृत्व में अचार और पापड़ बनाए जाते थे।

मीनू ने हिसाब लगाना शुरू किया। हर व्यक्ति को प्रतिदिन कम-से-कम पाँच पापड़ों की जरूरत होती है। अगले एक महीने में 600 पापड़ों की जरूरत होगी। कल हमारे पड़ोसी विष्णु काका के तीन पोते-पोती आ रहे हैं। वे भी हमारे साथ उन स्वादिष्ट पापड़ों को खाएँगे। उनके लिए हमें प्रति व्यक्ति पाँच् पापड़ रखने पड़ सकते हैं। इसका मतलब है, अज्जी को 600+50 पापड़ बनाने होंगे।

जब अज्जी ने मीनू का गणित देखा तो वे हँसकर बोलीं, ''तुम इस तरह से हिसाब मत लगाओ। इस समय के लिए यह सही हो सकता है

कि हम हर रोज पाँच पापड़ खाएँ, परंतु हर दिन के लिए यह सही नहीं भी हो सकता है। तीन दिन तक रोज पापड़ खाने के बाद कोई उससे उकता भी सकता है। इसलिए उन दिनों हम एक भी पापड़ नहीं खाएँगे। जिस तरह से तुम हिसाब लगा रही हो, उससे मुझे इंग्लैंड के एक आदमी की याद आ रही है। जिसने घोड़ों का हिसाब लगाया था।''

तुरंत ही सभी बच्चे उनके आसपास जमा हो गए।

''ओह अज्जी, आज हमें वही कहानी सुनाओ कि किस तरह घोड़ों की गिनती की गई थी।''

और अज्जी को अपना काम बीच में ही रोककर उन्हें वह कहानी सुनानी पड़ी।

बहुत वर्ष पहले इंग्लैंड में जॉर्ज स्मिथ नाम का एक महान् चिंतक और विद्वान् रहता था। वह इस बारे में बहुत सोचा करता था कि भविष्य में यह दुनिया कैसी होगी और कई मामलों में प्रधानमंत्री को सलाह देता था। वह इस पर शोध करता कि बीस वर्ष बाद इस देश की आबादी कितनी होगी, फिर वह हिसाब लगाता कि उतने लोगों के लिए कितने स्कूलों और अस्पतालों की जरूरत होगी या उनके भोजन के लिए कितना अनाज, दालें और सब्जियाँ उगानी होंगी या विदेशों से आयात करनी होंगी। उसके आकलन से सरकार को भविष्य के लिए योजना बनाने में बहुत मदद मिलती थी।

किन्हीं नई परियोजनाओं के बारे में बात करने और उन्हें सलाह देने के लिए जॉर्ज को अकसर प्रधानमंत्री कार्यालय जाना होता था। एक दिन प्रधानमंत्री ने उसे एक बैठक के लिए आमंत्रित किया था, इसलिए वह अपनी घोड़ागाड़ी पर सवार हुआ और कार्यालय के लिए निकल पड़ा। जॉर्ज हमेशा गहरे विचारों में डूबा रहता था और आसपास की

घटनाओं पर विरले ही उसका ध्यान जाता था। आज भी वह खेतों, जलपोतों और मकानों के बारे में सोचता हुआ अपनी बग्घी में बैठा था, परंतु तभी यकायक उसकी बग्घी एक झटके के साथ रुक गई और उसके विचारों का प्रवाह भी थम गया। सड़क पर कुछ कोलाहल हो रहा था और सभी बग्घियाँ उसकी बग्घी के आसपास ठहर गई थीं। आमतौर पर ऐसे समय में जॉर्ज इन बातों से निर्लिप्त रहकर दोबारा अपने विचारों में खो जाता था, परंतु आज किसी चीज ने उसे ऐसा न करने दिया। एक भयंकर तेज दुर्गंध। वायुमंडल में फैली हुई एक ऐसी दुर्गंध, जो आपको अपनी नाक पर रूमाल रखने के लिए मजबूर कर देती, अगर आप अपनी ही दुनिया में खोए हुए एक विद्वान् न होते।

जॉर्ज भी जो कुछ उसके आसपास हो रहा था, उससे खुद को अलग न कर सका। दुर्गंध उसके नथुनों से टकराती और उस समस्या से उसका ध्यान हटाती रही, जिस पर वह विचार कर रहा था। उसने अपने कोचवान को पुकारा, "हे जॉन, यह असाधारण दुर्गंध किस चीज की है?"

कोचवान जॉन अपने मालिक की अपने में खोए रहने की प्रवृत्ति के बारे में जानता था, इसलिए उसने संक्षिप्त सा उत्तर दिया, "घोड़े की लीद की।"

घोड़े की लीद! यह एक ऐसी चीज थी, जिस पर जॉर्ज ने कभी विचार नहीं किया था। पता नहीं क्यों, पर अब वह किसी और चीज के बारे में न सोच सका। जल्द ही उसकी बग्घी प्रधानमंत्री कार्यालय के सामने रुकी। जॉर्ज अपने विचारों में डूबा बग्घी में ही बैठा रहा। तब अपने मालिक से यह कहने के लिए कि आपका गंतव्य आ गया है, जॉन ने खिड़की को थपथपाया।

अब भी अपने विचारों में मग्न जॉर्ज आगंतुक कक्ष की ओर चला।

जब प्रधानमंत्री का सचिव उससे मिलने आया, वह घोड़ों और उनकी लीद के बारे में विचार करता वहाँ बैठा था। सचिव एडम जॉर्ज की तरह विद्वान् तो नहीं था पर वह बहुत तीक्ष्ण बुद्धि का आदमी था। उसने जॉर्ज का अभिवादन किया और क्षमायाचना के स्वर में बोला, ''प्रधानमंत्रीजी को एक और महत्त्वपूर्ण बैठक के लिए समय निकालना पड़ा। इसलिए आपसे वे कुछ देर बाद मिलेंगे। मुझे आशा है कि कुछ देर इंतजार करने में आपको एतराज न होगा।''

जॉर्ज खिड़की से सड़क पर आती-जाती घोड़ा-गाड़ियों को देखता रहा। यह सोचकर कि शायद जॉर्ज ने उसकी बात सुनी नहीं थी, एडम ने अपना गला खखारा और जोर से दोहराने लगा, ''मि. स्मिथ, प्रधानमंत्रीजी।''

''एडम, मैं तुम्हारी बात सुन चुका हूँ।'' जॉर्ज बुदबुदाया।

देश का यह महान् विचारक किसी परेशानी में था, इस पर चिंता व्यक्त करते हुए एडम ने कुछ संकोच से पूछा, ''क्या आप किसी बात से परेशान हैं, सर ? शायद मैं आपके कुछ काम आ सकूँ ?''

जॉर्ज ने उत्साहित होते हुए उसे देखा, ''तुम जानते हो मैंने अभी-अभी भविष्य में झाँका है और मैं देख रहा हूँ कि लगभग सौ वर्षों में हम सब मर जाएँगे। हमारा देश नष्ट हो जाएगा और हमारी जीवनशैली हमेशा के लिए खत्म हो जाएगी। और क्या तुम जानते हो क्यों ? केवल घोड़ों और उनकी लीद के कारण।''

एडम को कुछ समझ न आया, वह जॉर्ज को एकटक देखता रह गया। निश्चय ही, वे गंभीर नहीं हो सकते।

जॉर्ज ने कहना जारी रखा, ''देखो, अभी हम अपने देश में घोड़ों को परिवहन के एक प्रमुख साधन के तौर पर इस्तेमाल करते हैं। घोड़ा-गाड़ियाँ खींचने, राजा के अस्तबल में, यहाँ तक कि खेतों में भी उन्हें

इस्तेमाल किया जाता है।''

एडम ने सहमति में सिर हिलाया। यह सच था।

''तो अभी हमारे देश में कितने घोड़े हैं? मान लो 500 परिवार इतने समृद्ध हैं, जो एक बग्घी का खर्च उठा सकते हैं। अगर हर एक परिवार में दो बच्चे भी हों और वे भी इतने अमीर हों कि बग्घियाँ रख सकें तो इसका अर्थ है, कुछ ही वर्षों में हर परिवार में दो बग्घियाँ और होंगी। हर एक बग्घी के लिए दो घोड़ों की जरूरत होगी। इस तरह हर अमीर परिवार कम-से-कम चार घोड़ों का उपयोग कर रहा होगा और कुल मिलाकर 2,000 घोड़े हो जाएँगे। इस संख्या में अगर तुम राजा की घुड़सवार सेना और खेतों में इस्तेमाल किए जानेवाले घोड़े भी जोड़ दो तो उनकी संख्या बहुत ज्यादा होगी।''

एडम ने फिर सिर हिलाया। हाँ, यह सही तो लग रहा था, लेकिन जॉर्ज कहना क्या चाहते हैं?

''घोड़े अभी जितनी लीद पैदा करते हैं, उसे हम कैसे निपटाते हैं?''

एडम ने धैर्यपूर्वक उत्तर दिया, ''अभी हम गड्ढे खोदते हैं और लीद उनमें डाल देते हैं।''

जॉर्ज ने सिर हिलाया, ''अब यही मेरा प्वॉइंट है। अब जरा सौ वर्ष बाद की स्थिति की कल्पना करो। जिस रफ्तार से आबादी बढ़ रही है, उसे देखते हुए घोड़ों की संख्या 2,000 से बढ़कर 4,00,000 हो जाएगी। इसका मतलब होगा और ज्यादा लीद! और इतनी सारी लीद का हम क्या करेंगे? जीने के लिए मनुष्यों को और ज्यादा जमीन, मकानों और खेतों की जरूरत होगी। हम गड्ढे खोदकर उनमें लीद डाल सकें इतनी खाली जमीन कहाँ मिलेगी, लीद हर जगह खुले में पड़ी रहेगी और भयंकर बीमारियों को जन्म देगी। अगर किसी तरह वह पेयजल के स्रोतों में मिल

गई तो और भी बुरा होगा। हम खुद तो उस जहर का शिकार होंगे ही, पर्यावरण में भी जहर घोल देंगे। हम बीमार पड़ जाएँगे और इतने सारे लोगों का इलाज करते-करते हमारा देश गरीब हो जाएगा और अंततः हमारे साथ ही हमारी जीवनशैली भी खत्म हो जाएगी। वह भी सिर्फ घोड़ों के कारण!''

एडम बैठ गया और उसने कुछ देर इस बारे में सोचा। जॉर्ज के विचार और भविष्य का जो निराशाजनक चित्र उन्होंने खींचा था, वह सचमुच डरानेवाला था। परंतु यहाँ एडम की व्यावहारिक बुद्धि ने उसे लताड़ा—मि. जॉर्ज जैसा सोच रहे हैं सबकुछ वैसे ही घटित न हुआ तो? वह एक ओर झुका और बोला, ''मि. स्मिथ, आप अपनी गणना में एक छोटी सी, परंतु महत्त्वपूर्ण चीज को शामिल नहीं कर रहे हैं—परिस्थितियों के अनुसार चीजों में तब्दीली करने और नए साधनों की खोज करने की मानवीय क्षमता। बहुत समय पहले न गाड़ियाँ थीं, न बग्घियाँ। हम हर जगह पैदल जाते थे। फिर जब हमने जानवरों को पालतू बनाना शुरू किया तो हमें लगा कि परिवहन में भी उनका इस्तेमाल किया जा सकता है, परंतु क्या आप समझते हैं कि मनुष्य अपनी इसी उपलब्धि पर रुक जाएगा? कौन जानता है, सौ वर्ष बाद तक हम परिवहन के कितने अन्य साधन खोज लेंगे, ताकि परिवहन के लिए हमें घोड़ों की जरूरत ही न पड़े! हो सकता है हम पक्षियों की तरह उड़ने ही लगें!''

जॉर्ज अपने जीवनकाल में इस समस्या का हल न निकाल सका। न ही एडम यह देखने के लिए जीवित रहा कि भविष्य के बारे में उसकी सोच कितनी सही थी। एक स्थान से दूसरे स्थान पर जाने के लिए मानव ने इतने नए साधन खोज लिये कि इस प्रयोजन के लिए अब घोड़ों का इस्तेमाल बहुत ही कम होता है। जेम्स वाट ने भाप के इंजन का आविष्कार किया, जिसने रेलवे के आविष्कार तक पहुँचाया। फिर कार्ल एफ बेंज

द्वारा कारों का आविष्कार किया गया और वे नगर परिवहन के लिए व्यापक रूप से उपयोग में लाई जाने लगीं। अंत में राइट बंधुओं ने दरशाया कि मनुष्य हवाई जहाजों में उड़ भी सकते हैं। इन सभी आविष्कारों के साथ घोड़ों तथा अन्य जानवरों द्वारा खींची जानेवाली गाड़ियाँ और बग्घियाँ अब भूतकाल की चीजें बन चुकी हैं।

सचमुच अगर आदमी ने प्रयोग कर-करके नई चीजें नहीं बनाई होतीं तो हमारी नस्ल कब की खत्म हो चुकी होती—जैसी जॉर्ज ने भविष्यवाणी की थी!

यह कहानी सुनकर सभी बच्चे बहुत खुश थे। उन सभी ने मीनू को छेड़ना शुरू कर दिया, "तुम हमारे घर की जॉर्ज स्मिथ हो। कौन जानता है एक दिन ऐसा आ जाए, जब कोई भी पापड़ खाना पसंद न करे और अम्मा को इतने सारे पापड़ न बेलने पड़ें। अगर थोड़े ही पापड़ खाने हों तो हम उन्हें सीधे दुकानों से भी खरीद सकेंगे।"

मीनू बहुत लज्जित हुई। उसने एक तकिए से अपना चेहरा छिपा लिया। अज्जी ने कहा, "उसका मजाक मत उड़ाओ। दूर-दृष्टि बहुत महत्त्वपूर्ण चीज है। अगर तुममें दूर-दृष्टि नहीं है तो तुम रामू की तरह मुसीबत में पड़ जाओगे।"

"रामू कौन है?" बच्चों ने तुरंत अज्जी से पूछा।

"मैं रामू की कहानी कल सुनाऊँगी।" और अज्जी अपने काम में लग गईं। बच्चे जानते थे कि वे एक दिन में एक ही कहानी सुनाएँगी, इसलिए रामू की कहानी सुनने के लिए वे बेसब्री से अगले दिन का इंतजार करने लगे।

□

6

रामू को खजाना मिला

विष्णु काका के पोते-पोतियाँ छुट्टियों में उनके घर आए हुए थे। विष्णु काका अज्जी के बहुत अच्छे मित्र थे। वे बरसों से एक-दूसरे के पड़ोसी के रूप में रह रहे थे। दुर्भाग्यवश कुछ साल पहले उनकी पत्नी वसंती काकी की मृत्यु हो गई थी। यद्यपि उनके यहाँ एक रसोइया था, उनका पोता शरन और पोतियाँ सुभा और दिव्या हमेशा अज्जी के घर खाना पसंद करते थे और अज्जी भी उन्हें खिलाकर खुश होती थीं।

चूँकि सात बच्चों को भूख लग रही थी, अज्जी ने समझ लिया कि जब तक भोजन पक रहा है एक कहानी सुनाना उन्हें शांत रखने का एक अच्छा तरीका होगा। ककड़ियाँ छीलते हुए ही अज्जी ने कहानी शुरू कर दी।

क्या तुम जानते हो कि कभी-कभी स्वर्ग में देवताओं के बीच भी बहस छिड़ जाती है, एक बार ऐसा ही हुआ, जब धन की देवी लक्ष्मी ने स्वयं को अन्य सभी देवताओं से घिरा हुआ पाया। सबने मिलकर उनपर एक आरोप लगाया कि आप लंबे समय तक एक ही स्थान पर कभी नहीं

रहतीं। लोगों को जैसे ही लगता है कि आप अमुक घर में टिकनेवाली हैं, आप वहाँ से जाने का निर्णय ले लेती हैं तथा कहीं और चली जाती हैं।''

लक्ष्मी की भवें तन गईं, वे बोलीं, ''यह सच नहीं है। मैं एक घर में तब तक रहती हूँ जब तक वहाँ मेरा आदर होता है। यदि लोग आगे की सोचें, निष्ठापूर्वक काम करें और बुद्धिमानी से रुपया खर्च करें तो मैं हमेशा उनके साथ रहती हूँ, परंतु दुर्भाग्यवश जब मैं कुछ देर एक जगह रुकती हूँ तो लोग अजीब तरह से व्यवहार करने लगते हैं। तब मेरे पास वहाँ से जाने के सिवाय कोई चारा नहीं बचता।''

दूसरे देवताओं ने इस तर्क का मजाक उड़ाया और उनकी दलील मानने से इनकार कर दिया। बेचारी लक्ष्मी ने फैसला किया कि अभी-अभी जो कुछ उन्होंने कहा था, वे उन्हें उसका सबूत देंगी। खुद को सही साबित करने के लिए उन्होंने जो कुछ किया वह कुछ इस तरह था। याद रखो, मनुष्यों के कई वर्ष देवताओं के एक क्षण के बराबर होते हैं। इसलिए धरती पर जिस घटना को घटित होने में कई साल लगे, देवता उसे कुछ मिनटों में ही देख सकते थे।

रामू और रानी किसान थे। वे अपने खेतों में कड़ी मेहनत करते और इतना कमा लेते थे कि अपने बच्चों का पालन-पोषण करने के साथ-साथ अपनी दूसरी जरूरतें भी पूरी कर सकें। वे अमीर नहीं थे और कभी-कभी उन्हें नए कपड़ों और बढ़िया खाने के बिना भी गुजारा करना पड़ता था।

एक दिन एक पौधा रोपने के लिए रानी अपने बगीचे के एक कोने में गड्ढा खोद रही थी। जब उसने कुछ गहराई में कुदाल चलाई तो जोर से टन्न की आवाज आई। उसकी कुदाल जमीन के नीचे दबी किसी धातु की चीज से टकराई थी। उसने उत्साह से जल्दी-जल्दी खोदना शुरू कर दिया। वह तब तक खोदती रही, जब तक कि धातु का एक बड़ा सा

बक्सा उसके हाथों में न आ गया। जब उसने बक्से को खोला तो उसे अपनी आँखों पर विश्वास नहीं हुआ। उसमें सोने और चाँदी के गहने भरे थे। कुछ पलों तक रानी अवाक् खड़ी रही। फिर उसके मुँह से खुशी की एक किलकारी निकली और बगल में बक्सा दबाए वह घर की ओर दौड़ी।

"रामू-रामू, देखो अपने बगीचे में मुझे क्या मिला है!" वह चिल्लाई।

रामू महीने भर की आमदनी और खर्च का हिसाब लिख रहा था, इसलिए उसने कुछ समय तक पत्नी की ओर ध्यान नहीं दिया। जब राजी-खुशी से नाचते हुए उसके सामने आई तब उसने नजरें उठाईं। कल्पना करो कि जब उसने रत्नों से भरा वह बक्सा देखा तो कैसे आश्चर्य से उसका मुँह खुला रह गया होगा! जल्द ही रामू और रानी गाँव में सबसे अमीर लोग बन गए। उन्होंने काम पर जाना बंद कर दिया—अब इसकी जरूरत ही कहाँ है, उन्होंने एक-दूसरे को कहा। झुलसाती गरमी में काम क्यों करें, जब हमारे घर में ही इतनी धन-दौलत हो!

उन्होंने अपनी छोटी सी झोंपड़ी छोड़ दी और गाँव के सबसे बड़े भवन में रहने चले गए। उन्होंने बहुत से नौकर-चाकर रख लिये, जो दिन-रात उनका छोटे-से-छोटा काम भी कर देते थे और उन्हें एक उँगली भी उठानी नहीं पड़ती थी। एक रसोइया था, जो स्वादिष्ट व्यंजन तैयार करता था, एक व्यक्ति परोसता था, एक और आदमी सिर्फ जूते साफ करने के लिए था और एक आदमी सारा दिन रामू को पंखे से हवा खिलाता था, जब वह अपने नए बने दोस्तों के साथ बैठकर गप्पें लड़ाता होता था।

फिर रामू ने महसूस किया कि गाँव का जीवन बहुत नीरस है। वे एक बड़े शहर में रहने के लिए चले गए। वहाँ उन्होंने एक और बड़ा घर खरीदा और ज्यादा नौकर रखे और तरह-तरह की पार्टियों का आनंद

लिया। धीरे-धीरे वे उन सब अच्छी बातों को भूल गए, जो कभी उन्हें एक प्यारा परिवार बनाती थीं। वे कड़ी मेहनत करना, दूसरों की जरूरत के समय उनकी मदद करना, यहाँ तक कि सबसे मधुर व्यवहार करना भी भूल गए। उन्होंने सोचा कि पैसों से वे सबकुछ खरीद सकते हैं, यहाँ तक कि आदर भी। वे दूसरों से असभ्य व्यवहार करने लगे। वे कपड़ों और पार्टियों पर ज्यादा-से-ज्यादा रुपया खर्च करने लगे और चूँकि वे कोई काम नहीं करते थे, उनकी धन-संपत्ति घटती गई। फिर उन्होंने दूसरों से रुपया उधार लेना शुरू कर दिया, जिसे चुकाने की स्थिति में वे नहीं रहे थे।

एक दिन रामू ने अपने बहीखाते की ओर उदास नजरों से देखा। वह उन राशियों से भरा पड़ा था जो उसे दूसरों को चुकानी थीं, स्वयं उनके लिए उसमें मुश्किल से ही कुछ बचा था। उसने भरे गले से अपनी पत्नी को बुलाया, "प्रिय रानी, हमारा अच्छा समय अब पूरा हो गया। मैं समझता हूँ कि हम उस तरह के लोग बनना भूल गए, जिन्हें देवी लक्ष्मी पसंद करती हैं। वे हमें छोड़कर चली गई हैं और हमारे पास कुछ नहीं बचा है।"

रानी कुछ देर खामोश खड़ी रही। फिर बोली, "चिंता मत करो रामू। हमने अपना सबक सीख लिया है। अब मैं उन दिनों के बारे में सोचती हूँ, जब मैं सारा दिन काम करती थी और थककर गहरी नींद सोती थी। जैसे ही मैं बिस्तर पर लेटती, गहरी नींद में चली जाती थी। अब यह सोचते हुए मैं सारी रात जागती हूँ कि कल कौन सी साड़ी पहननी है और रुपए कैसे खर्च करने हैं। अब मैं इतनी मोटी हो गई हूँ कि उस दिन की तरह गड्ढा भी नहीं खोद सकती, जब हमें वह खजाना मिला था।"

एक फीकी सी मुसकान के साथ रामू ने पत्नी को गले लगा लिया,

"हम अपने गाँव और अपनी पुरानी जीवन-शैली में वापस चले जाएँगे। हम उसी तरह कड़ी मेहनत करेंगे जैसे पहले करते थे और अपने आसपास के लोगों की मदद करेंगे। हो सकता है कि तब लक्ष्मीजी एक दिन फिर हमारे घर आएँ और अगर वे नहीं भी आतीं तो हम उतने में ही खुश रहने की कोशिश करेंगे, जितना हमारे पास होगा।"

इस तरह रामू और उसका परिवार अपने पुराने घर में चला गया और जानते हो फिर क्या हुआ? उसके बाद वे हमेशा खुश रहे।

स्वर्ग से देवता देख रहे थे कि जिस दिन लक्ष्मी ने रामू और रानी के घर में प्रवेश किया था तब से अब तक उनके साथ क्या-क्या हुआ था। उन्हें लक्ष्मी की इस बात से सहमत होना पड़ा—जिस घर में वे प्रवेश करें, वहाँ के लोग अगर दुष्ट हो जाएँ तो वे इस आशा में उसे छोड़ देने के सिवाय क्या करें कि वे अपनी गलतियों से सबक लेंगे।

□

7

गधा और जादुई छड़ी

अज्जी अपनी बेटी सुमति और बहू सुभद्रा के साथ बाहर गई थीं। एक बंगलुरु में रहती थी और दूसरी मुंबई में। उन्हें अगले दिन वापस जाना था, क्योंकि अपने-अपने ऑफिस से मिली उनकी सारी छुट्टियाँ खत्म हो चुकी थीं। हालाँकि बच्चों को अपने दादा-दादी के पास शिग्गाँव में ही रहना था। हर कोई छुट्टियों के इस दौर का इंतजार कर रहा था। बच्चे इसलिए कि अब वे क्या करें और क्या न करें, उस पर टोकने के लिए उनकी माँएँ साथ नहीं होंगी और वे जी भरकर दादी के बनाए व्यंजनों का मजा लेंगे और दादाजी के साथ घूमने जाएँगे। उनके दादा-दादी भी इस दिन का इंतजार कर रहे थे कि अब वे पूरी तरह बच्चों के साथ रहेंगे। साल के बाकी समय तो उन दोनों को ही यहाँ रहना था।

जब अज्जी उन दोनों युवा महिलाओं के साथ चल रही थीं, उन्होंने उन्हें इस विषय पर बातें करते सुना कि ऑफिस के काम के साथ-साथ बच्चों का पालन-पोषण करना कितना मुश्किल था। अज्जी चुपचाप सुनती रहीं। तभी सुमति ने कहा, ''मगर अम्मा, जब वे आपके साथ होते हैं तब बहुत अच्छे होते हैं। आप उन्हें इतनी अच्छी तरह से कैसे हैंडल कर लेती हैं।''

सुभद्रा ने भी सहमति जताई। ''यही जानने के लिए मैंने कितनी पुस्तकें और लेख पढ़े, परंतु जिस तरह से किताबों में लिखा होता है वह जीवन में काम नहीं करता।''

अब अज्जी ने कहा, ''जो कुछ तुम पुस्तकों में पढ़ती हो, आँख मूँदकर उसका अनुसरण न करो। अपने जीवन के अनुभवों से सीखो और जो कुछ पढ़ा है उसके निहितार्थ को समझो।'' फिर थोड़ा मुसकराकर बोलीं, ''अन्यथा तुम गधे और डंडे वाली कहानी के लोगों की तरह बन जाओगी।''

सुमति और सुभद्रा भूल गईं कि वे मंदिर में थीं और साथ-साथ ही बोल पड़ीं, ''ये कौन सी कहानी है? सुनाइए न!''

अज्जी ने इनकार में सिर हिलाया, ''अब तुम भी बच्चों की तरह मचलने लगीं! खैर, तुम भी तो मेरे बच्चे ही हो। ठीक है, रात को जब मैं यह कहानी बच्चों को सुनाऊँगी तब तुम भी शामिल हो जाना।''

उस रात कहानी सुनने के लिए जमा होनेवाले लोगों में दोनों माँएँ सबसे पहले थीं। अपनी मम्मियों को देखकर बच्चे भी चकित थे। अज्जी ने कहानी सुनाना शुरू किया।

अरुणा मार्ग एक व्यस्त सड़क थी। वह कई गाँवों को एक-दूसरे से जोड़ती थी और हर दिन बहुत से लोग, जानवर और गाड़ियाँ उसका उपयोग करते थे। उस सड़क से जा रहे विद्यार्थियों के एक समूह की नजर एक बड़े से पत्थर की ओर गई, पिछले कई वर्षों से जिसकी ओर देखने की जहमत किसी ने नहीं उठाई थी। उन्होंने ठिठकते हुए एक-दूसरे से कहा, देखो, ''इस पत्थर पर कुछ लिखा है। उसका क्या अर्थ हो सकता है।''

वे अपने शिक्षक को बुला लाए। जब उन्होंने ध्यान से देखा तो

पाया कि उस पर जो कुछ उकेरा गया था, वे छोटे-छोटे चित्र थे। एक चित्र में एक डंडा था और दूसरे में एक गधा।

अब तक एक बड़ी भीड़ जमा हो गई थी। हर कोई उस पहेली को बूझने की कोशिश कर रहा था। उन अजीब चित्रांकनों का मतलब क्या हो सकता है, सिर खुजाते हुए वे पूछ रहे थे। उन्होंने पास के ही आश्रम में रहनेवाले एक बुद्धिमान साधू के पास जाकर उनसे पूछने का फैसला किया। परंतु जब उन्होंने आश्रम में प्रवेश किया तो उन्हें यह जानकर बड़ी निराशा हुई कि संतजी एक लंबी तीर्थ-यात्रा पर चले गए हैं। वहाँ गायों और बछड़ों की देखभाल करनेवाला उनका एक युवा शिष्य जरूर था।

लोगों ने उस शिष्य से पूछा कि क्या वह उस अनोखी चित्रकारी पर कुछ प्रकाश डाल सकता है? यह लड़का उतना बुद्धिमान नहीं था, परंतु कई अन्य मूर्ख व्यक्तियों की तरह उसे भी अपनी विद्वत्ता का दिखावा करने और अपनी होशियारी दिखाने का शौक था। उसने बड़ी सावधानी और बारीकी से उन चित्रों की जाँच की। फिर उसने घोषणा की, "यह ज्यादा जटिल नहीं है। यह एक जादुई छड़ी का चित्र है। इस छड़ी का धारक इस स्थान का गायक है। सैकड़ों वर्ष पहले इस गाँव की रक्षा करते हुए उसकी मृत्यु हो गई थी। इस सड़क का उपयोग करनेवाले हर एक व्यक्ति को इस पत्थर की पूजा करनी चाहिए और उस पर प्रसाद चढ़ाना चाहिए। जो ऐसा नहीं करेगा वह गधा बन जाएगा।"

इस अद्‌भुत व्याख्या को सुनकर गाँववाले हैरान रह गए, परंतु वे श्रद्धालु लोग थे और उन्होंने उसी दिन उस पत्थर के चारों ओर एक मंदिर सा बना दिया। उन्होंने आते-जाते यात्रियों का चढ़ावा ग्रहण करने के लिए उस मूर्ख शिष्य को उस पूजा स्थल का प्रभारी बना दिया। वह शिष्य अपनी होशियारी से बहुत खुश था। बेशक उसे कुछ पता नहीं था कि उस ऊलू-जलूल चित्रकारी का मतलब क्या था, परंतु इतना तय था कि अब

उसे आश्रम में बछड़ों के पीछे भागना और नाराज गायों के गुस्से का सामना नहीं करना पड़ेगा। वह सारा दिन उस पत्थर के पास बैठकर श्रद्धालुओं के आने पर कुछ अस्पष्ट मंत्रों आदि का जाप करते हुए चढ़ावे में आए पैसों और मिठाइयों को घर ले जा सकता था।

जब तक वे बुद्धिमान वृद्ध संत आश्रम में वापस नहीं आए, उस मूर्ख शिष्य की खुशी बनी रही। अपने शिष्य को नदारद पाकर और देखभाल के अभाव में अपने प्रिय पशुओं को इधर-उधर भटकते देखकर उस वृद्ध संत को क्रोध आ गया। फिर उन्होंने दूर तक नजरें दौड़ाईं तो देखा कि सड़क के किनारे एक बड़ी भीड़ जमा है। इसका कारण जानने के लिए वे वहाँ गए तो उन्होंने अपने भगोड़े चेले को वहाँ पाया। वह खूब खाया-पिया और खुश लग रहा था और लोगों से एक पत्थर पर चढ़ाए गए प्रसाद और दक्षिणा को ग्रहण कर रहा था।

कुछ देर तक वे यह सब देखते रहे। फिर वे पत्थर के पास गए और उस पर बने चित्रों को ध्यान से देखने लगे। एक शब्द भी बोले बिना उन्होंने लोहे की एक मजबूत रॉड उठाई और वहाँ जमा भीड़ को चकित करते हुए उस पत्थर को खिसकाना शुरू कर दिया। भीड़ में से कुछ लोग उनकी मदद के लिए आगे आए और जब वे उस पत्थर को हटाने में सफल हो गए तो उन्हें उसके नीचे सोने का एक घड़ा मिला।

संत ने अपने चारों ओर खड़े लोगों से कहा, ''इस चित्र का अर्थ था कि एक लोहे की छड़ लेकर आपको इस पत्थर को हटाकर यह धन प्राप्त करना था। अगर आपने ऐसा नहीं किया तो आप सब लोग गधे की तरह मूर्ख हैं। आपको दूसरों के बताए कर्मकांडों और शब्दों का आँख मूँदकर पालन नहीं करना चाहिए। हर चीज पर आपको खुद सोचना चाहिए और यह समझने की कोशिश करनी चाहिए कि जो कुछ आप कर रहे हैं, वह क्यों कर रहे हैं। अगर आपने इन चित्रों पर थोड़ा विचार

किया होता तो यह खजाना आपको कुछ महीने पहले ही मिल जाता। इसके बजाए आपने इस पत्थर पर प्रसाद, फूल, पैसे आदि चढ़ाकर मेरे इस लालची शिष्य को मोटा बनाने में मदद की और स्वयं को मूर्ख बनाया। यह खजाना हम सबकी संपत्ति है। इस धन का उपयोग हमें इस सड़क को अच्छी अवस्था में बनाए रखने के लिए करना चाहिए, ताकि सभी लोग अपने-अपने कार्य शांति और सुगमतापूर्वक कर सकें।''

ग्रामीणों ने शर्म से अपना सिर झुका लिया, क्योंकि वे अपनी मूर्खता समझ गए थे। जहाँ तक संतजी के चेले का सवाल था, उसे अपने लालच के प्रायश्चित्त के रूप में कई महीनों तक गौशाला में काम करते रहना पड़ा।

□

8

इसके बदले में मुझे क्या मिलेगा?

अज्जा ने आनंद से कहा, ''क्या तुम धोबी के यहाँ से मेरे कपड़े ले आओगे?'' आनंद एक पुस्तक पढ़ रहा था सो ऊपर देखे बिना ही बोला, ''फिर आप मुझे क्या देंगे।''

अज्जा मुसकराए और बोले, ''मैं तुम्हें कुछ नहीं दूँगा। मुझे क्यों तुम्हें कुछ देना चाहिए, तुम तो परिवार का एक हिस्सा हो।''

अब आनंद ने ऊपर देखा। ''ओह! पर हमारे घर में यह बात सच नहीं है,'' उसने खुलासा किया, ''मेरे डैड जब भी मुझे कोई काम करने को कहते हैं, मैं उसका इनाम माँगता हूँ और वे मुझे दे देते हैं।''

अज्जा को आश्चर्य हुआ, ''मुझे तुम्हारे पापा से बात करनी पड़ेगी। किसी की मदद करने का आनंद अपने आप में एक इनाम है, वह जो करता है सही नहीं है।''

''डैड एक बैंक में एक बड़े अधिकारी हैं। क्या वे गलतियाँ कर सकते हैं?'' कृष्णा ने बड़े आश्चर्य से पूछा।

''वह बैंक में अफसर होगा, लेकिन घर में वह तुम्हारा पिता और मेरा बेटा है और मैं उससे बात करूँगा। अगर ऐसे ही चलता रहा तो तुम

'मूषिका' जैसे बन जाओगे।''

''मूषिका क्या होता है,'' शरन ने पूछा।

अज्जा ने इधर-उधर देखा। अज्जी वहाँ नहीं थीं। बेटी और बहू के जाने से पहले उनके लिए कोई मसाला पीस रही हो। अज्जा-अज्जी को आस-पास न पाकर खुश हुए।

''आज मैं तुम्हें एक कहानी सुनाऊँगा। 'मूषिका' की कहानी। इस कहानी से पता चलेगा कि जब तुम हर छोटी-छोटी बात के लिए पैसे लेना चाहते हो तो क्या होता है।''

'मूषिका' नाम का एक चूहा मजे में कुछ गुनगुनाता हुआ सड़क से गुजर रहा था। आज दिन में तेज हवाएँ चली थीं, जिसने भयंकर गरमी से कुछ राहत दी थी। उसने अभी-अभी आँधी की वजह से एक पेड़ से गिरा एक रसीला आम खाया था, उसका पेट भरा हुआ था और वह बड़ा ही खुश था। उसने सड़क पर एक टहनी पड़ी देखी, जो आँधी में पेड़ से गिर गई होगी। चूहों में हर चीज जमा करने की आदत होती है कि शायद किसी दिन वह काम आ जाए तो मूषिका ने उसे मुँह में दबाया और चल पड़ा।

कुछ दूर चलने पर उसे एक कुम्हार मिला। वह अपना सिर पकड़े निराश मुद्रा में बैठा था। क्यों ? क्योंकि बारिश से उसका चूल्हा गीला हो गया था और उसे दोबारा गरम करने के लिए उसके पास पर्याप्त सूखी लकड़ियाँ नहीं थीं। अब वह अपने मिट्टी के कच्चे बरतनों को पकाएगा और बेचेगा कैसे ?

कुम्हार अपने घर के सामने बैठकर विलाप कर ही रहा था कि मूषिका वहाँ पहुँचकर कुछ देर तो उसे देखता रहा। फिर अपने मुँह में टहनी दबाए ही उसने पूछा,

पहले तो कुम्हार ने बोलनेवाले उस अनोखे चूहे की ओर ध्यान नहीं दिया, फिर जब मूषिका ने बार-बार वही सवाल पूछा तो उसने उस छोटे से प्राणी को बताया कि वह क्यों रो रहा था। सुनकर मूषिका ने टहनी एक तरफ रखकर कहा, ''देखो यह टहनी हवा में सूख गई है और तुम्हारी भट्टी जलाने में इस्तेमाल की जा सकती है। मैं तुम्हें यह खुशी से दे दूँगा कुम्हार भाई, पर उससे मुझे क्या मिलेगा?''

कुम्हार ने देर तक सोचा फिर यह सोचकर कि यह छोटा सा चूहा ज्यादा-से-ज्यादा क्या माँग लेगा, बोला, ''जो तुम चाहोगे मैं तुम्हें वही दूँगा।''

मूषिका ने तुरंत ही जवाब दिया, ''फिर मुझे वह बड़ा सा कद्दू दे दो, जो कमरे के एक कोने में पड़ा हुआ है।''

कुम्हार हैरान रह गया, इतने बड़े कद्दू को एक चूहा कैसे ले जाएगा? इसके अतिरिक्त उस स्वादिष्ट कद्दू करी का आनंद लेने का खुद उसका मन कर रहा था, जो उसकी पत्नी आज रात को पकानेवाली थी।

''कोई और चीज चुन लो नन्हे चूहे मियाँ,'' उसने विनती की। परंतु मूषिका अड़ा रहा कद्दू के बदले टहनी तब कुम्हार को मूषिका को कद्दू देना पड़ा।

चूहा खुशी से उछल पड़ा। उसने इतने शक्तिशाली मानव को वह देने के लिए मजबूर कर दिया था, जो वह चाहता था। यह कहते हुए कि वह जल्द ही कद्दू ले जाएगा, उसने उसे कुम्हार के घर के पास ही पड़ा रहने दिया और फिर सड़क पर चल पड़ा।

कुछ दूर चलने पर उसे एक ग्वाला मिला, जो अपनी गायों के पास निराश मुद्रा में खड़ा था, ''क्या हुआ ग्वाले भाई?'' एक क्षीण सी आवाज में पूछा। ग्वाला यह देखकर हैरान रह गया कि चमकीली

आँखोंवाला एक चूहा उसी की ओर देख रहा था। उसने निराशा में अपना सिर एक बार और हिलाया फिर बोला, "मेरी गाएँ तूफान से डर गई हैं और दूध देने से इनकार कर रही हैं। आज मैं क्या बेचूँगा और क्या मेरा परिवार खाएगा?"

"मजेदार कद्दू करी—अगर तुम चाहो।"

"तुम जरूर मजाक कर रहे हो मेरे दोस्त। मेरे घर में दस लोग हैं। मुझे इतना बड़ा कद्दू कहाँ मिलेगा, जिससे सबका पेट भर जाए?"

"बस उसी रास्ते पर चलते चले जाओ, जहाँ से मैं आया हूँ। तुम एक कुम्हार के घर पहुँच जाओगे। उसके घर के पास ही मैं एक कद्दू छोड़कर आया हूँ। वह मेरा है और तुम उसे ले सकते हो। मगर उसके बदले मुझे क्या मिलेगा भाई?"

ग्वाले ने अपने कंधे उचकाए और बोला, "तुम जो चाहो।" कुम्हार की तरह उसने भी सोचा भला एक चूहा क्या चाहेगा।

मूषिका ने कहा, "फिर मुझे एक गाय दे दो।"

"क्या तुम पागल हो? एक कद्दू के बदले गाय? कभी किसी ने ऐसा सुना है?"

"गाय के बदले कद्दू या कुछ नहीं।" मूषिका ने दृढ़ता से जवाब दिया।

मन मसोसकर ग्वाला जाकर वह बड़ा सा कद्दू ले आया और एक गाय चूहे के हवाले कर दी।

बड़े-बड़े सींगोंवाली इतनी विशाल गाय जो मेरे इशारों पर चलेगी! मूषिका को अपनी किस्मत पर विश्वास न हुआ। अब गाय की पीठ पर बैठकर एक और धुन गुनगुनाता हुआ चूहा वहाँ से चल पड़ा और एक विवाह मंडप के सामने रुक गया। इतनी उदास और चिंतित मुद्रा में लोग यहाँ क्यों खड़े हैं? उन्हें तो शादी की दावत की तैयारियों में व्यस्त होना

चाहिए था! यहाँ तक कि दुलहन और दूलहा भी मुँह लटकाए खड़े थे।

"क्या बात है, दूल्हे भाई?" अपनी गाय पर बैठे मूषिका ने पूछा।

दूल्हे ने निराशा भरे स्वर में जवाब दिया, "विवाह समारोह की खीर बनाने के लिए दूध नहीं है। एक मीठे व्यंजन के बिना दावत अधूरी रह जाएगी।"

मूषिका मुसकराया, "चिंता मत करो। ये रही गाय। अब यह खुश है और तुम्हें दूध मिल जाएगा। मगर उसके बदले में मुझे क्या मिलेगा भाई?"

दूल्हा बेहद खुश था, बोला, "क्यों, तुम जो चाहो ले सकते हो! तुम दावत का पूरा मजा ले सकते हो। मिठाइयाँ, पुलाव, फल जो तुम्हारा दिल करे।"

चूहा चुप रहा और उसने विवाह समारोह के लिए गाय दे दी। उन्होंने गाय का दूध दुहा और उन्हें पर्याप्त दूध मिल गया। शानदार दावत हुई।

समारोह संपन्न होते ही चूहे ने अपनी माँग दागी, "अपनी दुलहन मुझे दे दो!"

चूहे के दुस्साहस पर दूल्हा और वहाँ मौजूद सभी व्यक्ति दंग रह गए। दूल्हा उसे कसकर एक चपत लगाने ही वाला था कि नवविवाहिता वधू ने उसे रोक दिया, "आपने उसे वचन दिया था कि वह जो कुछ चाहे ले सकता है। मुझे उसके साथ जाने दो। मैं उसे ऐसा सबक सिखाऊँगी कि वह दोबारा किसी मानवीय वधू को ले जाने की जुर्रत नहीं करेगा।"

उसका पति मान गया और इस तरह वधू चूहे के साथ चल दी। मूषिका उससे आगे-आगे दौड़ता रहा। वह दुलहन को अपना घर दिखाने के लिए बेताब था, परंतु यह क्या, वह इतनी धीमी चाल से क्यों चल रही थी?

"जल्दी करो दुलहन!" उसने पुकारा, "बारिश शुरू होनेवाली है।"

दुलहन ने जवाब दिया, "मैं एक मनुष्य हूँ, मैं तुम्हारी तरह तेजी से दौड़ नहीं सकती।"

मूषिका को अपनी चाल धीमी करनी पड़ी। जब तक वे एक पेड़ के नीचे स्थित छोटे से बिलनुमा घर में पहुँचे, चूहे को बहुत भूख लग आई थी।

"बहुत सारा अनाज लेकर मेरे लिए खाना पकाओ।" उसने आदेश दिया।

दुलहन राजी हो गई और बोली, "क्यों नहीं पर रसोईघर, मसाले, तेल और बरतन कहाँ हैं। आखिरकार मैं एक मानव हूँ, मैं केवल अनाज के दानों से खाना नहीं पका सकती।"

चूहा समझ गया कि इस निकम्मी महिला को लाकर उसने गलती की थी। एक लंबी साँस लेकर वह बोला, "कोई बात नहीं, कम-से-कम घर के भीतर तो आओ।"

"ओह! पर मैं आऊँगी कैसे?" दुलहन ने कुछ तेज आवाज में कहा, "वह छेद इतना छोटा है कि मेरे पैर का अँगूठा भी उसके भीतर नहीं जा सकता। आज रात मैं सोऊँगी कहाँ?"

"अरे...उस पेड़ के नीचे कैसा रहेगा?" पास के ही एक और बड़े पेड़ की ओर इशारा करते हुए मूषिका ने सुझाव दिया।

"कतई नहीं," दुलहन ने नाक सिकोड़ी, "बारिश होगी तो मैं भीग जाऊँगी। मुझे पहले जुकाम और फिर बुखार हो जाएगा, फिर मुझे डॉक्टर की जरूरत होगी, फिर वह मुझे कड़वी दवाइयाँ देगा।" उसने जोर से रोना शुरू कर दिया।

"श...श, रोओ मत।" मूषिका ने उसे दिलासा दी। वह सोच रहा

था कि इस अजीब सी रुआँसी महिला को अपने साथ लाने के बजाए वह जी भरकर दावत का मजा लेने का प्रस्ताव स्वीकार कर लेता तो बेहतर होता।

"तुम उस मंदिर के बरामदे में आज की रात गुजार लो तो कैसा रहेगा।" सड़क पार एक बड़े से मंदिर की ओर इशारा करते हुए उसने सुझाव दिया।

"ओह, पर चोर और लुटेरे वहाँ आकर मेरे कीमती गहने लूटने की कोशिश करेंगे।" दुलहन फिर रोने लगी। फिर जल्दी से उसने अपने आँसू पोंछे और बोली, "अपनी रक्षा के लिए अगर मैं अपने दोस्तों राम और श्याम को बुला लूँ तो कैसा रहेगा?"

मूषिका कुछ कह पाता उससे पहले ही उसने जोर से सीटी बजाई और पुकारा, "रामू, श्यामू!"

न जाने कहाँ से एक बड़ा सा कुत्ता और एक बिल्ली दुलहन के बाजू में प्रकट हो गए और मूषिका की ओर खा जाने वाली नजरों से देखने लगे। जिस तरह से मूषिका भागा और अपने बिल की सुरक्षा में कूदकर उसने अपनी जान बचाई वह देखने लायक था।

दुलहन मुसकराई और अपने वफादार पालतू जानवरों के साथ वापस अपने विवाह स्थल चली गई। जहाँ तक मूषिका का सवाल था, उसे उस रात भूखे ही सो जाना पड़ा। उसने एक लंबी साँस लेते हुए कहा, "कल शायद फिर तूफान आए।" और सो गया।

□

9

राजकुमारी के नए कपड़े

उनकी माँओं के जाने के बाद अज्जी सभी बच्चों को खरीदारी कराने बाजार ले गईं। वे शहर की सबसे बड़ी कपड़े की दुकान पर गए। अज्जी ने अपना पर्स नोटों से भर लिया था और सभी सात बच्चों से कहा, "तुममें से हर एक बच्चा एक ड्रेस खरीद सकता है। यह हमारी तरफ से तुम लोगों के लिए उपहार है। याद रखना प्रत्येक की ड्रेस पर मैं पाँच सौ रुपए ही खर्च करूँगी।"

दुकान में उन्होंने एक बढ़िया आरामदायक कुरसी चुन ली। बच्चों को उनके प्रिय रंगों के पसंदीदा कपड़े चुनने की आजादी थी। कपड़े खरीदने से पहले वे ट्रायल रूम में जाकर उन्हें पहनकर देख सकते थे। एक घंटे बाद कृष्णा को छोड़कर सभी ने अपने मनपसंद कपड़े खरीद लिए थे। उसने कई ड्रेसेज को पहनकर देखा था, लेकिन उसे सभी में कुछ-न-कुछ दोष नजर आया था। उसने अज्जी से कहा, "इस दुकान में मेरी पसंद की कोई ड्रेस नहीं है। क्या हम कहीं और चलें?"

"इस दुकान में क्या कमी है? यह एक जानी-मानी दुकान है।" अज्जी ने कहा। इस पर कृष्णा ने मुँह फुला लिया और शिकायत करने

लगी कि यहाँ जिन रंगों और डिजाइनों के कपड़े हैं, वे सब पहले ही उसके पास हैं।

सभी दूसरी दुकान की ओर चल पड़े। वहाँ भी बहुत सोच-विचार करने के बाद आखिरकार कृष्णा ने अपनी पसंद की ड्रेस चुन ली। अपनी चिर-परिचित हलकी सी मुसकान के साथ अज्जी यह सब देख रही थीं। घर लौटने के लिए जब वे सब टैक्सी में बैठ गए तो उन्होंने कृष्णा के कान में कहा, ''यह अच्छा हुआ कि तुमने अंत में एक ड्रेस चुन ली। परंतु सावधान रहना वरना तुम भी उस राजकुमारी की तरह हो जाओगी।''

''कौन सी राजकुमारी, अज्जी?'' बच्चों ने पूछा।

''एक कहानी वाली राजकुमारी।'' अज्जी अब खिड़की से बाहर देख रही थीं।

''सुनाइए न! सुनाइए न!''

अज्जी ने उस राजकुमारी की कहानी सुनाई, जिसे कभी भी अपना कोई भी कपड़ा पसंद नहीं आता था।

उल्लास के राजा और रानी बहुत उदास थे। उन पर किसी ने हमला नहीं किया था, प्रजा सुखी थी, किसानों ने अच्छी फसल उगाई थी; फिर वे इतने उदास क्यों थे? क्योंकि उनकी कोई संतान नहीं थी और वे एक बच्चा चाहते थे।

एक दिन उन्हें उनके राज्य के जंगलों में एक ऐसे स्थान के बारे में पता चला, जहाँ अगर कोई सच्चे दिल से प्रार्थना करे तो उसकी इच्छा पूरी हो जाती थी। वे वहाँ गए और कई दिनों तक उस वन की देवी की पूजा-आराधना की। अंत में उनकी प्रार्थना सुनी गई और देवी उनके सामने प्रकट हुईं और उनसे पूछा कि वे क्या चाहते हैं। राजा और रानी ने शीश झुकाया और कहा, ''हम एक संतान चाहते हैं।''

''तथास्तु, शीघ्र ही आपके यहाँ एक बेटी का जन्म होगा।'' उस विशाल हरियाली के बीच दमकती वनदेवी ने कहा, ''परंतु याद रखना, यद्यपि वह एक प्यारी बच्ची होगी, उसमें एक कमी होगी। उसे नए कपड़ों से बेहद लगाव होगा और यह आपके लिए कठिनाइयाँ पैदा करेगा। क्या आप अब भी ऐसा बच्चा चाहेंगे?''

राजा और रानी बच्चा पाने के लिए इतने बेचैन थे कि वे कोई भी शर्त मान लेते। इसलिए वनदेवी ने उनकी इच्छा पूरी कर दी और पेड़ों के बीच ओझल हो गईं।

जल्दी ही जैसा कहा गया था, रानी ने एक प्यारी सी बच्ची को जन्म दिया। ओह, एकदम काले बालों, मोटी पलकों तथा हाथों और पैरों की लंबी उँगलियों के साथ वह कितनी सुंदर बच्ची थी। उन्होंने उसका नाम रखा बीना। अपने राजा की खुशी में पूरे राज्य ने जश्न मनाया। कुछ समय के लिए हर तरफ खुशी का वातावरण रहा। सभी का प्यार पाकर बीना बड़ी हुई। वह दिनोदिन और अधिक सुंदर होती गई तथा अपने मधुर व्यवहार और हँसमुख स्वभाव से उसने सभी के दिलों को खुशी से भर दिया।

परंतु जैसा वनदेवी ने कहा था, उसमें एक दोष था कि उसे नए कपड़ों से बेहद लगाव था। उसे कपड़ों से इतना प्यार था कि किसी भी सूरत में उसे हर रोज एक नई ड्रेस मिलनी ही चाहिए। वह एक ड्रेस को दोबारा पहनने से भी इनकार कर देती थी। पूरे राज्य के और दूसरे राज्यों के दरजी भी उसके लिए सुंदर, अनोखे वस्त्र तैयार करते। रेशमी, सूती, ऊनी तुम कोई भी नाम लो, बीना के पास हर मैटीरियल की पोशाकें और साड़ियाँ थीं। नीला, हरा, लाल, गुलाबी प्रकृति का हर रंग उसके वार्डरोब में मौजूद था।

कुछ समय तक तो उसे हर दिन एक नई पोशाक दिलाकर राजा

और रानी खुश होते रहे, परंतु जल्दी ही उन्होंने समझ लिया कि वे अपनी बेटी के लिए नित नए दरजियों और कपड़ों की तलाश में ही अपना सारा धन और समय जाया कर रहे हैं। इसे रोकना ही होगा।

उन्होंने बीना को मनाया, फुसलाया, मिन्नतें कीं, डाँटा, परंतु उस पर कोई असर न हुआ। उसके माता-पिता समझ गए कि उनकी बेटी के इसी दोष के बारे में वन देवी ने उन्हें सावधान किया था। अंत में इस समस्या का समाधान खोजने के लिए उन्होंने बीना को वनदेवी के पास भेजने का फैसला किया।

बीना ने अँधेरे हरियाले वन में प्रवेश किया और वनदेवी के प्रकट होने की प्रतीक्षा करने लगी। वे हरे प्रकाश की एक कौंध में, जिसने आसपास की हर चीज को प्रकाशित कर दिया, प्रकट हुईं। बीना ने हाथ जोड़कर देवी को बताया कि वह क्यों आई।

"मैं तुम्हारी समस्या जानती हूँ, मेरी बच्ची। मैं तुम्हारे लिए हर रोज एक नई पोशाक भेजूँगी। वह अनोखी होगी, उसके रंग और डिजाइन तुम्हें मुग्ध कर देंगे। परंतु तुम्हें एक बात का ध्यान रखना होगा, तुम उनके अलावा कोई कपड़े नहीं पहन सकोगी और न किसी के साथ उनकी अदला-बदली कर सकोगी। अगर तुमने कभी भी ऐसा किया तो तुम्हारा जीना मुश्किल हो जाएगा।"

बीना खुशी-खुशी इस पर राजी हो गई। अगर उसे हर रोज एक नई पोशाक मिले तो वह भला क्यों दुःखी होगी?

तब से बीना हर सुबह जब भी सोकर उठती, अपने बिस्तर के पास एक असाधारण नई साड़ी या पोशाक पाती, जो पहनने के लिए पूरी तरह तैयार होती थी। उसका तो जैसे सपना ही सच हो गया था। वह उन कपड़ों से मेल खाते बुंदे, चूड़ियाँ और जूते पहनती और हर कोई उससे कहता कि वह कितनी सुंदर लग रही है। उसकी खुशी की सीमा नहीं

थी। फिर भी कुछ महीनों बाद वह उमंग कम हो गई। जब बीना एक और अनोखी नई पोशाक पहनकर निकलती तो कोई टिप्पणी न करता।

अरे, यह तो देवी का उपहार है। वे सभी कहते।

उसकी सहेलियाँ भी कहतीं, ये कोई ऐसी चीज नहीं जिन्हें तुम या मैं कभी भी पहन सकें और कंधे उचकाकर चली जातीं।

बीना और ज्यादा उदास होती चली गई। फिर किसी त्योहारवाले दिन जब वह नदी किनारे टहल रही थी, उसने एक लड़की को देखा जो एक साधारण सूती साड़ी पहने थी। उस लड़की की चाल में ऐसा कुछ था जो उसे अत्यंत आकर्षक बना रहा था, इसलिए हर कोई मुड़कर उसकी ओर देखने लगता था। बीना ने देखा और सुना कि लोग किस तरह उस लड़की की प्रशंसा कर रहे थे। उसे इतनी ईर्ष्या इसलिए हो रही थी कि उसके सुंदर वस्त्रों पर अब कोई ध्यान नहीं देता था, जबकि साधारण सी साड़ी पहने उस लड़की की सब इतनी प्रशंसा कर रहे थे।

वह वन देवी की सारी चेतावनियों को भूलकर लड़की के पास गई और बोली, "क्या तुम मेरी ड्रेस लेकर बदले में अपनी साड़ी दोगी? यह इतनी सुंदर है कि लोग इस पर से नजरें नहीं हटा पा रहे।"

वह लड़की हैरान रह गई। प्रसिद्ध राजकुमारी बीना उससे साड़ी माँग रही थी और बदले में अपनी शानदार पोशाक उसे दे रही थी। उसे अपने भाग्य पर विश्वास न हुआ और उसने खुशी से अपनी साड़ी बीना को दे दी। फिर उसने बीना की पोशाक पहनी और चली गई। जैसे ही बीना ने उस लड़की की साड़ी पहनी आकाश में बिजली कौंधी और एक धमाका हुआ। उसके आसपास का दृश्य बदल गया और उसने महसूस किया कि उसे घने जंगल में ले जाया जा रहा है, जहाँ वनदेवी उसके सामने खड़ी थीं।

वनदेवी ने कहा, "मैंने तुम्हें कहा था कि जो कपड़े मैं तुम्हें दूँगी

तुम न तो किसी और को दे सकोगी, न उनकी अदला-बदली करोगी। परंतु तुमने ठीक वही किया है। नियमानुसार मुझे मेरी बात न मानने की सजा तुम्हें देनी होगी। मुझे मनुष्यों की दुनिया से तुम्हें हमेशा के लिए हटा लेना होगा।''

बीना उदास होकर नीचे देखती रही। उसके सामने अपने माता-पिता का आँसुओं से भरा चेहरा और राज्य के उन लोगों का चेहरा घूम गया, जो उसे बेहद प्यार करते थे। वह बोली, ''मैं चली जाऊँगी, परंतु मेरी एक आखिरी इच्छा पूरी कर दीजिए। मुझे किसी ऐसी वस्तु में परिवर्तित कर दीजिए जो सबको उनकी प्रिय राजकुमारी की याद दिलाती रहे, कोई ऐसी चीज जो उनके लिए उपयोगी भी हो।''

वनदेवी मुसकराईं और उन्होंने बीना को एक पौधा बना दिया।

''क्या तुम जानते हो बीना कौन सा पौधा बनी ? प्याज का! तुमने देखा होगा कि प्याज की कई परतें होती हैं। वे वही पोशाकें हैं, जिन्हें बीना पहना करती थी और क्या तुमने ध्यान दिया है कि जब तुम्हारी माँ प्याज काटती है तो उसकी आँखों से आँसू निकलते हैं! वे इसलिए कि अनजाने में ही बीना के राज्य के लोगों की तरह एक सुंदर, दयालु राजकुमारी के लिए हम अब भी आँसू बहाते हैं।''

कहानी सुनने के बाद कृष्णा रोने लगी, ''अज्जी, मैं बीना की तरह नहीं बनना चाहती। मैं नहीं चाहती कि मैं प्याज बन जाऊँ। आज से मैं अपने कपड़ों को लेकर बखेड़ा खड़ा नहीं करूँगी।''

□

10

पान की कहानी

विष्णु काका ने पूरे परिवार को डिनर पर बुलाया था। कई चरणों में खाया जाने वाला भोजन बहुत शानदार था। हर व्यंजन का आनंद लेते हुए हर एक ने छककर खाया। भोजन के बाद बच्चे काका के चारों ओर जमा हो गए। वे अपना पान का बड़ा सा डिब्बा लेकर आए थे। स्वादिष्ट पान बनाने के लिए काका जिस तरह चुन-चुनकर उसमें चीजें डालते थे और जिन्हें खाकर बड़ों के चेहरे पर चमक आ जाती थी, यह सब देखकर बच्चों को बड़ा मजा आता था।

काका ने बच्चों को समझाया, ''एक पान में पान का पत्ता, सुपारी और चूना होते हैं, परंतु हमें हर चीज जितनी जरूरी हो उतनी मात्रा में इस्तेमाल करनी चाहिए। तभी पान स्वादिष्ट बनेगा।''

सभी सात बच्चे यह प्रयोग स्वयं पर करना चाहते थे। उनमें से कुछ ने केवल पान का पत्ता चबाया, कुछ ने केवल सुपारी, कुछ ने पत्ता और सुपारी या पत्ता और केवल चूना खाया। यह सच था कि जब तक तीनों चीजें साथ न हों पान में स्वाद नहीं आता था। असल में जब शरन ने जरूरत से ज्यादा चूना लगा लिया तो उसे उलटी हो गई। यह देखने के

लिए कि उनकी जीभ लाल हुई थी या नहीं सभी बच्चे आईने के सामने आ गए।

शरन की मम्मी के साथ बैठकर बातें कर रही अज्जी बच्चों की हरकतें देख रही थीं। फिर उन्होंने बच्चों को बुलाया और कहने लगीं, "बच्चो, अब तक तुम जान गए होगे कि पान का पत्ता, सुपारी या चूना अलग-अलग खाए जाएँ तो उनका स्वाद नहीं आएगा। जब तुम उन तीनों का सही संयोजन करते हो, तभी एक पान खाया जा सकता है और तभी तुम्हारे मुँह में वह लाल रंग रच पाता है।"

"ऐसा क्यों होता है, अज्जी ? क्या इसका कोई विशेष अर्थ है ?"

"हाँ, इसका एक विशेष अर्थ है और मैं तुम्हें वह कहानी सुनाऊँगी, जिसे पहली बार मैंने अपनी दादी से सुना था।"

किसी जमाने में भानू और वीर नाम के दो भाई हुआ करते थे। जब वे बहुत छोटे थे, उनके माता-पिता की मृत्यु हो गई थी और भानू ने अपने छोटे भाई को बहुत लाड़-प्यार से पाला था। विवाह की उम्र होने पर भानू ने भारती से शादी कर ली। वह एक सौम्य और स्नेहमयी स्त्री थी और उसने भी वीर की देखभाल उतने ही प्यार से की, जितने प्यार से उसका पति करता था।

जब वीर लगभग बीस वर्ष की आयु का हुआ तो उसने सुना कि उनके राजा अपनी सेना में सिपाहियों की भरती करनेवाले हैं, क्योंकि एक युद्ध की संभावना थी। वीर ने सेना में प्रवेश लेने का निश्चय किया। ओह, उसे घर पर ही अपने साथ रखने के लिए उसके भाई और भाभी ने कितनी विनती की और रोए थे। वे इस विचार को सहन नहीं कर पा रहे थे कि जिस लड़के को उन्होंने इतने प्यार से पाला था, वह उनसे इतनी दूर चला जाएगा। परंतु वीर एक सैनिक बनने की अपनी जिद पर कायम

रहा तो उसके भाई और भाभी ने भारी मन और आँसू भरी आँखों से उसे जाने की इजाजत दे दी।

बहुत दिनों तक वीर की कोई खबर नहीं आई। राजा ने युद्ध लड़ा, शत्रु को परास्त किया और वापस लौटा। जो सैनिक उसके साथ गए थे वे भी घर लौट आए, परंतु वीर का कहीं पता न था। हर दिन उसके भाई और भाभी इस आशा में सड़क पर नजरें गड़ाए रहते कि किसी दिन वह दौड़कर घर आ जाएगा। परंतु ऐसा कुछ नहीं हुआ। फिर एक दिन युद्ध से वापस लौटते हुए सैनिकों का एक समूह उनके गाँव से गुजरा। भानू उनसे मिला और अपने भाई के बारे में पूछा।

"वीरू? ओह हाँ, मगर बड़े दुःख की बात है कि वह रणभूमि में मारा गया।" अपना सिर हिलाते हुए एक सैनिक ने कहा।

"नहीं-नहीं, वह घायल हुआ था और ठीक भी हो गया था। क्या वह घर नहीं आया," एक और सैनिक ने कहा।

"जब वह घर लौट रहा था तो बीमार पड़ गया," तीसरे ने बताया।

ऐसी निराशाजनक खबरें सुनकर भानू को भारी सदमा लगा। उसने तय किया कि वह अपने प्यारे छोटे भाई के लौटने के इंतजार में घर में बैठा नहीं रह सकता। वह बाहर निकलकर उसकी तलाश करेगा।

जब उसने अपनी पत्नी से यह बात कही तो भारती ने भी उसके साथ जाने का फैसला किया। अपने खोए हुए वीर को खोजकर उसे घर वापस ले आने के लिए एक दिन वे घर से चल पड़े।

उन्होंने राजा की विस्तृत रणभूमि में जाने का फैसला किया, जहाँ वीर के साथियों ने उसे आखिरी बार देखा था। वह स्थान बहुत दूर था और उन्हें जंगलों, घाटियों, पहाड़ों और रेगिस्तानों से गुजरना पड़ा। वे मीलों चलते रहे, चलते रहे, परंतु बेचारी भारती में इतनी शक्ति न थी। एक दिन एक घने जंगल से गुजरने के बाद वे एक छोटी सी बस्ती में पहुँचे। भारती

थककर चूर हो गई थी, बैठ गई। भानू उसके लिए कुछ करता, इससे पहले ही अत्यधिक श्रम के कारण उसने प्राण त्याग दिए। इस आघात को सहन न कर पाने के कारण तुरंत ही भानू की भी मृत्यु हो गई।

जहाँ इस दंपति की मृत्यु हुई थी, बहुत वर्षों में उस स्थान पर दो पेड़ उग आए। एक ऊँचा पेड़ था और दूसरी एक लता थी, जो उस पेड़ से लिपटी हुई थी। ऐसा लग रहा था मानो मृत्यु के बाद भी भारती और भानू साथ थे।

जिस भाई वीर को वे इतना प्यार करते थे, वह असल में मरा नहीं था। वह युद्ध में बुरी तरह घायल हो गया था और अपने घर से बहुत दूर एक छोटे से गाँव में वर्षों तक अपना इलाज कराता रहा। अंत में जब वह ठीक हो गया तो यह जानते हुए कि उसके घरवाले कितने चिंतित होंगे, वह जितनी जल्दी संभव था अपने पुराने घर वापस पहुँचा।

परंतु उसे बहुत आश्चर्य हुआ जब उसने देखा कि घर पर ताला लगा हुआ था और उसकी हालत देखकर कोई भी कह सकता था कि वर्षों से वहाँ कोई नहीं रह रहा है। धीरे-धीरे पड़ोसी उसके आसपास जमा हुए और उन्होंने उसे बताया कि कैसे भानू ने अपने खोए हुए भाई को खोजने का फैसला किया था।

उस रात वीर फूट-फूटकर रोया। अब वह अपने प्यारे भाई और भाभी को कैसे और कहाँ खोजेगा ? वे कहाँ थे ? जब तक भोर हुई उसने भी मन-ही-मन तय कर लिया था कि जिस रास्ते से वे गए थे उसी पर चलकर वह उन्हें खोजने की कोशिश करेगा। इसलिए वह तुरंत ही निकल पड़ा।

वीर एक सैनिक था, परंतु उसके घाव अभी-अभी ठीक हुए थे और उसमें अधिक शक्ति न थी। भानू और उसकी पत्नी जिस दुर्गम मार्ग से गए थे, उसे पार करने में उसे बहुत दिन लग गए। फिर एक दिन एक जंगल के पास उसे एक छोटा सा मंदिर दिखाई दिया। ग्रामीणों ने उस

मंदिर के निर्माण की करुण कहानी उसे सुनाई। वर्षों पहले कई दिन चलने से थका हुआ एक दंपति इस स्थल पर आया था। किंवदंती के अनुसार, वे अपने खोए हुए भाई को खोजने निकले थे। जब उन दोनों की मृत्यु हो गई तो उसी स्थल पर दो ऐसे अनोखे पौधे उग आए, जिनके बारे में लोग पहले नहीं जानते थे। उन पेड़ों के पत्ते और गिरीदार फल इतने मीठे और ताजगी देने वाले थे कि ग्रामीणों ने उस पुरुष और स्त्री की याद में वहाँ पर एक छोटा सा मंदिर बनाने का फैसला किया।

वीर जैसे-जैसे वह कहानी सुनता गया, उसका दुःख बढ़ता गया। वह समझ गया कि वे लोग जिस दंपति के बारे में बात कर रहे थे वे और कोई नहीं, उसके भाई और भाभी थे। वह इस खबर को सहन न कर पाया और चूने की एक मूर्ति के रूप में परिवर्तित हो गया।

तुम जानते हो कि तभी से उन तीनों को कैसे याद किया जाता है? वह ऊँचा पेड़ सुपारी पैदा करता था, लता के पत्ते पान थे और उस मूर्ति से चूना मिलता है, जिसे पेस्ट बनाकर पान पर लगाया जाता है और इस तरह असीम प्रेम करनेवाला यह परिवार मृत्यु के बाद भी साथ रहा। जब वे साथ थे उन्होंने लोगों को प्यार, एकता और वफादारी का महत्त्व सिखाया और जब लोग पान चबाते हैं, वे उनकी कहानी याद करते हैं।

यह कहानी सुनकर शरन की मम्मी चकित थी।

"सचमुच अज्जी!" उसने कहा, "मुझे भी नहीं पता था कि एक पान बनाने के लिए इन तीनों चीजों का होना क्यों जरूरी है। अब से मैं भी आपकी कहानियाँ सुनने के लिए आया करूँगी।"

अज्जी ने सहमति में सिर हिलाया, फिर अपनी आँखों में उसी चिर-परिचित चमक के साथ बोलीं, "पान चबाना तुम्हारे दाँतों के लिए अच्छा नहीं है। चलो, ब्रश करने के लिए सबके सब यहाँ से खिसको!"

□

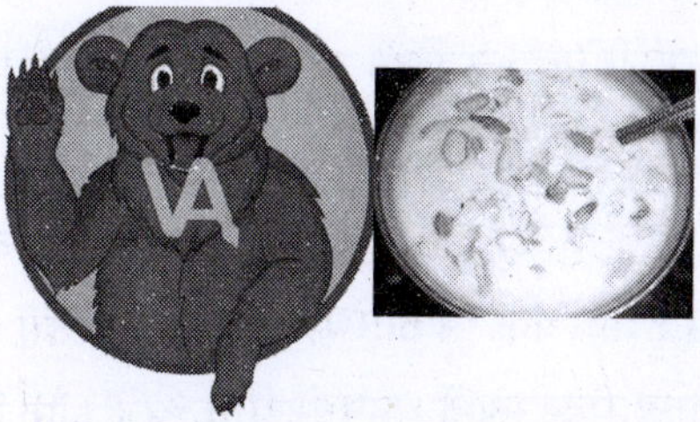

11

भालू के लिए खीर

अज्जा और विष्णु काका कोई योजना बना रहे थे। उन्हें एक-दूसरे की ओर देखकर मुसकराते, सहमति में सिर हिलाते और फुसफुसाते हुए देखा जा सकता था। बच्चे जिज्ञासा से मरे जा रहे थे कि बात क्या है। आखिरकार एक शाम उन दोनों ने वह खबर दे ही दी। सब लोग एक पिकनिक पर जा रहे थे। नजदीक के ही झरनों पर पिकनिक मनाने जाना था। घने जंगल की पृष्ठभूमि में आड़ी-तिरछी बहती नदी का जल जब गहरी घाटी में गिरता था तो वह सचमुच बहुत मनोहर लगता था। जब दोनों दादाओं ने योजना के बाकी हिस्से के बारे में बताया तो बच्चे खुशी से उछल पड़े। अज्जी और शरन की मम्मी के लिए कल का दिन छुट्टी का रहेगा, क्योंकि पूरा खाना दादाओं और बच्चों द्वारा पकाया जाएगा। वे यह काम बहुत पुराने तरीके से करनेवाले थे—जंगल से लकड़ियाँ बीनकर और भोजन पकाने के आधुनिक साधनों से भरसक दूर रहकर।

पिकनिक को लेकर बच्चों के मन में इतनी उत्सुकता और उत्साह था कि वे उस रात मुश्किल से ही सो पाए। उन्होंने पिकनिक और भोजन के लिए क्या-क्या पकेगा इसके सिवाय और कोई बात नहीं की। सोने से

पहले उन्होंने मेन्यू भी तय कर दिया था—पुलाव और खीर! खीर बनाना कितना आसान है और कौन उसे पसंद नहीं करता?

आमतौर पर देरी से उठनेवाले भी अगले दिन जल्दी उठे और जल्दी-जल्दी सात बजे तक पिकनिक पर जाने के लिए तैयार हो गए।

ओह, कितना सुंदर स्थान था वह! वहाँ की हर चीज पर मुग्ध होते हुए वे इधर-उधर दौड़ते और साथ ही क्रिकेट के बल्ले और गेंद से भी खेलते रहे। अज्जी एक बड़े पेड़ के नीचे आराम से बैठ गईं। फिर लंच तैयार करने का समय आ गया। सभी लोग जलाने के लिए टहनियों और लकड़ियों की तलाश में जुट गए।

अज्जी ने दिव्या को सबसे अलग-थलग घने जंगल में जाते देखा तो उन्होंने उसे आवाज दी, "दिव्या, वापस आ जाओ, वहाँ मत जाओ। कौन जाने कौन सा जानवर वहाँ बैठा हो और ऊपर से तुम लोग खीर भी तो बनानेवाले हो…।"

तुरंत मीनू के कान खड़े हो गए, "क्यों अज्जी, खीर का जानवरों के साथ क्या लेना-देना है?"

अज्जी मुसकराईं, "भालुओं को खीर बहुत पसंद है! क्या तुम नहीं जानती।"

सभी जोर देकर कहने लगे कि उन्होंने यह बात पहले कभी नहीं सुनी। सो कुकिंग और खेलकूद भुला दिए गए और भालू की कहानी सुनने के लिए बड़े और बच्चे सभी अज्जी के आसपास जमा हो गए।

क्या तुम जानते हो कि एक भालू को कभी गुस्सा नहीं दिलाना चाहिए? यह सच है, एक गुस्साया भालू सचमुच बहुत बुरा कर सकता है, इसलिए सबसे सुरक्षित रास्ता यही है कि एक भालू को दिया गया वचन कभी न तोड़ो। बेचारे मोहन और बसंती यह नहीं जानते थे और

उन्होंने एक भालू के साथ चालाकी करने की कोशिश की और देखो उनके साथ क्या हुआ।

मोहन के पास केले का एक बाग था, जिसमें वह बढ़िया केले उगाता था। उसके बाग में एक विशाल आम का वृक्ष भी था, जो उसे गरमी के हर मौसम में ढेर सारे रसीले आम उपलब्ध कराता था। वह इन फलों को बाजार में बेच देता और अपनी पत्नी बसंती के साथ काफी मजे में जीवनयापन कर रहा था।

एक बार उसके पेड़ों ने केले और आम की एक असाधारण रूप से भरपूर फसल दी और फलों से भरी अपनी बोरियों और टोकरियों के साथ वह शहर की ओर चल पड़ा। बाजार में बैठकर उसने सारे फल बेच दिए और अच्छी कमाई की। बाजार में उसे एक पुराना दोस्त अमर मिल गया। बहुत वर्षों बाद एक-दूसरे को देखकर मोहन और अमर अत्यधिक खुश थे।

''मेरे घर चलो मेरे दोस्त,'' अमर ने आग्रह किया, ''क्यों न हम बढ़िया भोजन के साथ अपने बचपन की यादें ताजा करें।''

मोहन को भी यह विचार पसंद आया और वह अमर के साथ उसके घर चला गया। वहाँ दोनों दोस्तों ने ढेर सारे चावल, दाल, सब्जियाँ और कई तरह की मिठाइयाँ खाईं। अंत में भोजन का सर्वोत्तम हिस्सा खीर सामने आई।

पूरे भारत में खीर को कई नामों से जाना जाता है। कुछ लोग उसे पायेश और कई पायसम भी कहते हैं। वह दूध, चावल, चीनी और दूसरी कई चीजों से मिलकर बनती है और हमेशा मजेदार लगती है। वह खीर वैसी ही थी, जो अमर ने अपने दोस्त को परोसी थी। खुशबूदार चावल, मलाईदार दूध, चीनी और उचित मात्रा में सूखे मेवे, इलायची, केसर और अन्य कई तरह की अद्‌भुत मनोहर चीजों से बनी। मोहन एक के बाद

एक कई कटोरे खीर खाता रहा, जब तक कि उसका पेट फटने को न आ गया।

फिर दोनों दोस्त बातें करते रहे और कुछ आराम भी किया, जब तक कि मोहन के घर वापस जाने का समय न हो गया। घर पहुँचकर उसने अपनी पत्नी को उस शानदार भोजन, विशेष रूप से उस खीर के बारे में बताया। यह भी बताया कि वह सब मैंने छककर खाया था। बसंती ने एक आह भरी कि काश! ऐसी खीर का आनंद उसने भी लिया होता। उसके चेहरे पर ऐसा भाव देखकर मोहन ने सुझाया, ''देखो आज फल बेचकर मैंने अच्छी कमाई की है। क्यों न तुम खीर के लिए जरूरी चीजें खरीदकर खीर बनाओ, जिसका हम दोनों मिलकर आनंद लेंगे।''

बसंती को भी यह विचार बहुत अच्छा लगा, परंतु उसके लिए सबसे पहले मोहन को जंगल से कुछ लकड़ियाँ चुनकर लानी होंगी, ताकि चूल्हा जलाया जा सके। फिर वह दुकान पर जाकर खीर के लिए जरूरी चीजें खरीदकर ला सकता है। यह तय होने के बाद अपनी कुल्हाड़ी घुमाता और कुछ गुनगुनाता हुआ मोहन चल दिया। अब जंगल में एक पेड़ के नीचे ऊँघता हुआ भला कौन हो सकता था—एक बड़े से काले भालू के सिवाय। उसने अभी-अभी लंच में बढ़िया बेर खाए थे और अपनी झपकी का मजा ले रहा था, जब मोहन वहाँ से गुजरा। भालू ने पहले एक आँख और बाद में दूसरी आँख खोलकर मोहन को नजदीक के एक पेड़ से कुछ शाखाएँ काटते और ईंधन के लिए टहनियाँ इकट्ठी करते देखा।

मोहन उन टहनियों को ठीक से बाँध ही रहा था कि भालू बोल पड़ा, ''हाय, दोस्त। तुम इतनी खुशी-खुशी कहाँ जा रहे हो और तुमने इतनी सारी लकड़ियाँ क्यों इकट्ठी की हैं, मुझे बताओ, क्या आज रात तुम कोई दावत देनेवाले हो?''

एक भालू द्वारा इस तरह संबोधित किए जाने पर मोहन चकित रह गया और थोड़ा डरा भी, "हाँ-हाँ, मेरे मालिक···मेरा मतलब है प्रिय भालू स···सर।" कुछ हकलाते हुए वह बुदबुदाया।

भालू अपने भोजन से तृप्त था, इसलिए उसने मोहन के साथ कुछ देर और बतियाने का फैसला किया।

"तो बताओ आज रात तुम क्या पकाने जा रहे हो?" अपनी तोंद को हलके से थपथपाते हुए उसने पूछा।

"ख···खीर" मोहन ने जवाब दिया।

"खीर···क्या?" भालू समझ नहीं पाया।

"खीर," मोहन ने धीरे से कहा, "यह एक मिठाई है।"

"उसके बारे में कुछ और बताओ।" भालू अब भी समझ नहीं पा रहा था।

मोहन ने खीर और उसे कैसे बनाते हैं इसके बारे में विस्तार से बताया। जैसे-जैसे वह दूध और चावल, सूखे मेवे और चीनी के बारे में बताता गया, भालू की आँखें चमकने लगीं, उसके पेट में कुछ हलचल होने लगी और उसने समझ लिया कि उसे किसी भी सूरत में इस अद्‌भुत मानवीय व्यंजन का स्वाद लेना होगा।

"ओह मेरे दोस्त मोहन, मुझे भी आमंत्रित करो न और आज रात खीर का मजा लेने दो।" भालू ने विनती की।

मोहन हैरान रह गया। डिनर पर एक भालू मेहमान के रूप में! कौन जानता है कि वह कितना खाएगा। परंतु वह उसे न भी नहीं कह सकता था। वह उसके साथ ज्यादती होती और वह बेचारा भालू उसकी ओर आशा भरी नजरों से देख रहा था।

उसने एक लंबी साँस ली और बोला, "ठीक है। तुम आ सकते हो। पर उतनी खीर बनाने के लिए मुझे और ज्यादा लकड़ियों की जरूरत

होगी। क्या तुम लकड़ियाँ लेकर आ सकते हो,''

चालाक मोहन ने सोचा कि वह भालू से अपने हिस्से का काम करा लेगा, ताकि उसे लकड़ियों के लिए अगले कुछ दिनों तक जंगल न आना पड़े।

''हाँ, हाँ!'' भालू उछल पड़ा, ''मुझे बस इतना बता दो कि तुम्हें कितनी लकड़ियाँ चाहिए। दस, बीस, तीस गट्ठर।''

''उम···म···पचास काफी होंगे।'' कुछ सोचकर मोहन बोला। फिर उसने लकड़ियों का गट्ठर अपने कंधे पर रखा और अपने घर लौट गया। रास्ते में उसने खीर बनाने के लिए जरूरी सारी चीजें बड़ी मात्रा में खरीदीं।

जब वह घर पहुँचा तो उसने बसंती को उस अनोखे मेहमान के बारे में बताया, जो उनके साथ खीर खाएगा। इसलिए बसंती ने भारी मात्रा में खीर पकाई। उसने भरपूर मेवे, खुशबू के लिए केसर, इलायची और कई अन्य चीजें डालीं और खीर खाना शुरू कर दिया। वे खाते रहे, खाते रहे, खाते रहे और जब उन्होंने ध्यान दिया तो पता चला कि वे पूरी खीर साफ कर चुके थे। चावल का एक दाना या मेवे का एक टुकड़ा तक न बचा था।

अब क्या करें ? यही सोचते हुए वे बैठे रहे। जब खीर की उम्मीद में भालू आएगा तो वे उससे क्या कहेंगे, फिर मोहन के दिमाग में एक कुटिल योजना आई। अगर वे कई फालतू चीजों से खीर बना दें तो! आखिरकार वह एक भालू है और उसने पहले कभी खीर नहीं खाई होगी। उसे क्या पता चलेगा कि खीर का स्वाद कैसा होता है।

उस बेईमान आदमी और उसकी पत्नी ने थोड़ा सा दूध लिया। उसमें ढेर सारा पानी मिलाया, मुट्ठी भर चावल डाले और चीनी, मेवों आदि के बजाए कंकड़, बालू, रेत और इलायची के छिलके डालकर उस

घोल को उबालते रहे, जब तक कि वह कुछ-कुछ खीर जैसा दिखने न लगा। उन्होंने पीतल के घड़े में भरा यह घोल घर के सामने रख दिया और खुद घर के पिछवाड़े की झाड़ियों में छिप गए।

रात घिरने के साथ ही सड़क पर एक भारी-भरकम आकृति आती दिखाई दी। वह अपने कंधों पर लकड़ियों के पचास गट्ठे लादे थी। वह भालू ही था, जो डिनर के लिए आया था।

वह मोहन के घर पहुँचा और इधर-उधर देखने लगा। वहाँ कोई न था। फिर घर के ठीक सामने उसने खीर से भरा घड़ा देखा। ज्यादा इंतजार न कर पाने के कारण उसने कंधे पर रखा बोझ एक तरफ फेंका और खीर पर टूट पड़ा। आधे से ज्यादा घड़ा खीर पी जाने के बाद ही उसे महसूस हुआ कि कुछ गड़बड़ है। दूध बिलकुल पानी जैसा था। चावल अधपके थे। उसके दाँतों के बीच कठोर कंकड़-पत्थर फँस गए थे और दर्द दे रहे थे। उफ!

अब उसके क्रोध की सीमा न रही। उसने चिल्लाकर मोहन को आवाज दी। परंतु मोहन झाड़ियों में दुबका बैठा था, उसने कोई जवाब नहीं दिया। इससे भालू को और ज्यादा गुस्सा आया, उसकी नजर आम के पेड़ पर गई और उसने गुस्से से उस पर अपनी पीठ रगड़ना शुरू कर दिया। उसने पेड़ को इतनी जोर से हिलाया कि आम टपाटप जमीन पर गिरने लगे। भालू गुस्से से पैर पटक-पटककर पेड़ को जोर से हिलाता रहा, तब तक हिलाता रहा जब तक कि वह एक भयंकर आवाज के साथ केले की फसल पर जा गिरा। आम के पेड़ के नीचे आने से केले के सर्वोत्तम पेड़ कुचल गए। लकड़ी के जो गट्ठे वह दूर जंगल से लादकर लाया था, उन्हें इधर-उधर फेंकना शुरू कर दिया। उनमें से एक गट्ठा रसोईघर के चूल्हे पर गिरा और उससे पूरे घर में आग लग गई। कुछ ही देर में मोहन और बंसती का घर आग की लपटों में, उनका बाग तहस-

नहस और आम का वह कमाऊ पेड़ जमीन पर पड़ा था।

अंत में इस बात से संतुष्ट होकर कि उसने बदला ले लिया है, भालू पैर पटकता हुआ वापस जंगल चला गया। जब मोहन और उसकी पत्नी रेंगते हुए अपनी छिपने की जगह से बाहर आए तो उन्होंने अपने घर की बरबादी देखी। वे खूब रोए-सुबके और पछताए कि वे इतने लालची क्यों बन गए कि उन्होंने भालू के हिस्से की थोड़ी सी भी खीर नहीं छोड़ी।

अब पछताने से क्या होनेवाला था? जो नुकसान होना था वह हो चुका था और उस लालची दंपति ने वह सबक सीख लिया था, जिसके बारे में मैंने पहले बताया था कि एक भालू को कभी गुस्सा न दिलाओ और अगर किसी भालू से कोई वादा किया हो तो उसे निभाओ।

□

12

दाढ़ी में आग

सभी बच्चों के लिए वह पिकनिक कितनी शानदार रही। देर शाम तक वे जी भरकर खेले, खाया और पानी में अठखेलियाँ कीं। अज्जा और अज्जी को उन्हें जबरन घर वापस लाना पड़ा। उस रात अज्जी द्वारा लाइट्स ऑफ करने से भी पहले बच्चे बिस्तर पर लेटते ही सो गए। अज्जी ने बिना आवाज किए उन्हें ओढ़ाया। अगली सुबह देर तक कोई भी बच्चा जागा नहीं था। बच्चों को जगाए बिना ही अज्जा और अज्जी अपने-अपने कामों में लग गए। परंतु जब दस बज गए तो अज्जी ने तय किया कि अब तो उन्हें जगा देना चाहिए। इसलिए वे उनके कमरे में आईं तो उन चारों को बिस्तर पर ही बतियाते हुए देखा। अपनी कमर पर हाथ रखे वे कुछ देर तक उन्हें देखती रहीं। फिर उन्होंने कहा, ''मैं समझती हूँ तुमने काफी आराम कर लिया है। अब तुम सभी बिस्तर छोड़ दो। नहा-धोकर तैयार हो जाओ। बारह बजे तक तुम्हें लंच मिल जाएगा।''

आनंद को छोड़कर सभी बच्चे पलंग से कूदकर नीचे आ गए। आनंद अज्जी की ओर देखकर मुसकराया और बोला, ''आप जानती हैं, अगर मैं सारा दिन बिस्तर पर लेटा रहूँ तो मैं बिना खाए भी रह सकता हूँ।''

"सचमुच!" अज्जी ने कहा, "चलो, यही सही। बाकी सबके लिए बारह बजे तक भोजन तैयार हो जाएगा, समय पर पहुँच जाना। और हाँ, जो बिस्तर पर लेटे रहेंगे, उन्हें दोपहर की कहानी भी सुनने को नहीं मिलेगी।" फिर अपनी मुसकराहट छिपाने की कोशिश करते हुए वे वहाँ से चली गईं। आनंद आज भूखा रहेगा। खाने का सबसे ज्यादा शौकीन वही था।

आनंद खामोश था। बाकी बच्चे पलंग से कूदे और ब्रश करने और नहाने के लिए चले गए। जल्द ही प्याजी डोसा की खुशबू पूरे घर में फैल गई। अब अपने आप को रोकना कठिन था। सभी लोग डोसा बनते देखने और कुछ मदद करने के लिए रसोई में जमा हो गए।

अब तक बिस्तर में अकेला पड़ा आनंद बोर हो गया था और उसे भूख भी लगी थी। वह चुपचाप उठा और नहाने के लिए बाथरूम चला गया। वह चिंतित था कि अज्जी ने कहीं उसे गंभीरता से न ले लिया हो और उसके हिस्से के डोसे बनाए ही न हों और अगर उसे उस दिन की कहानी सुनने को न मिली तो क्या होगा। जब अज्जी ने उसे रसोई में देखा तो वे हँसकर बोलीं, "तुम बृज जैसे बन गए हो।"

"यह बृज कौन है, अज्जी।"

तो जब बच्चे डोसे खा रहे थे, अज्जी ने कहानी शुरू कर दी।

धूप चढ़ आई थी, "आऽऽऽआऽऽआ!" बृज ने जोर से एक लंबी जमहाई ली और फिर सो गया।

"क्या बृज कोई अमीर आदमी है, जो छुट्टियों पर आया हुआ है या दिनभर कड़ी मेहनत करने के बाद थोड़ा सा आराम कर रहा है?"

दोनों में से कुछ भी नहीं। बृज जैसा आलसी और निकम्मा आदमी तुमने कभी न देखा होगा। वह कोई भी काम किए बिना सारा दिन बिस्तर

पर लेटे-लेटे गुजार देता था। वह इतना आलसी था कि अपनी दाढ़ी भी नहीं बनाता था और वह बढ़ते-बढ़ते उसके घुटनों तक पहुँच गई थी। सारा दिन वह अपनी लंबी दाढ़ी पर मुग्ध होते हुए उस पर कंघी घुमाता रहता और कुछ न करता। उसकी माँ उसे समझाती, उसकी पत्नी उसे कोसती पर वह सुधरनेवाले लोगों में नहीं था।

ज्यादातर अपनी पत्नी शांति के साथ उसकी बातचीत कुछ इस तरह से होती थी, "क्या तुम कुएँ से थोड़ा पानी लेकर आओगे? घर में पानी नहीं है।"

"कुआँ सूख गया है। उसमें भी पानी नहीं है।"

"तो जाकर तालाब से पानी ले आओ।"

"तालाब बहुत दूर है। एक घड़ा पानी के लिए मैं इतना नहीं चल सकता।"

"तो पेड़ से कुछ नारियल ही तोड़ लाओ।"

"अरे, वो नारियल अभी पके नहीं हैं। हम उन्हें अगले महीने तोड़ेंगे।"

"पेड़ से कुछ सुपारी तो तोड़कर ला सकते हो या वो भी नहीं?"

"क्या तुम जानती नहीं, सुपारी सेहत के लिए अच्छी नहीं होती।"

"तो खेत जोतने में मेरी मदद कर दो।"

"ओह, अभी इतनी तेज धूप है। मेरी त्वचा झुलस जाएगी। तुम भी इस तेज धूप में वहाँ न जाओ तो बेहतर होगा।"

"जब मैं खेत में काम करूँगी तब कम-से-कम तुम घर की देख-रेख तो कर ही सकते हो।"

"देख-रेख करने के लिए इस घर में है ही क्या।"

और इस तरह बृज से जो कुछ भी करने के लिए कहा जाता वह कोई-न-कोई बहाना बना देता था। मगर बेशक, खाने के लिए वह कभी

थका हुआ न होता था। जैसे ही उसकी पत्नी भोजन परोसने की तैयारी करती वह यह कहते हुए बिस्तर से कूदकर आ जाता, 'ओह तुमने इतने प्यार से मेरे लिए खाना बनाया है, उसे खाना मेरा कर्तव्य है।' और फिर वह सामने रखी हर चीज चट कर जाता। जब शाम होने लगती तो अपने पलंग से उठता, अपने बालों और दाढ़ी में कंघी घुमाता और अपने दोस्तों की मंडली के साथ गपशप करने के लिए निकल पड़ता।

यह देखकर कि वह हर काम से बचने का रास्ता खोज लेता था, गाँव के कई और लोगों ने भी ऐसा ही करने का फैसला किया। इन सब लोगों ने मिलकर निकम्मों का एक 'क्लब' बना लिया था। वे हर शाम इकट्ठे होते और दुनिया भर की बातें करते। उनका दावा था कि ऐसा करके वे अपना सामान्य ज्ञान बढ़ा रहे थे, परंतु असल में वे गप्पें और डींगें हाँकने के सिवाय कुछ नहीं करते थे।

क्लब का लीडर होने के नाते बृज सबसे लंबी डींगे हाँकता। एक दिन गप्पों का विषय था कि दुनिया में सबसे ज्यादा आलसी कौन है।

''रोज-रोज नहाना समय और बेशकीमती पानी की बरबादी के सिवाय कुछ नहीं है। मैं तो हर दूसरे दिन नहाता हूँ। इस तरह से पानी की भी बचत होती है,'' पर्यावरणवादी मनोज ने कहा।

''मैं अपना बिस्तर कभी नहीं समेटता,'' एक लॉज के मालिक सुरेश ने कहा, ''जब रात को दोबारा सोना ही है तो बिस्तर उठाने की जहमत क्यों उठाएँ।''

''मैं तो उसी बरतन में खा लेता हूँ, जिसमें मैं भोजन पकाता हूँ,'' रसोइये राजू का दावा था, ''भोजन प्लेट में डालकर खाने से काम बढ़ता है, क्योंकि फिर प्लेटों को भी धोना पड़ेगा।''

अब बृज ने सोचा कि उसे कुछ ऐसा कहना चाहिए, जिसके आगे ये सब बौने नजर आएँ। इसलिए उसने कहा, ''मैं हमेशा ठंडे दिमाग से

काम लेता हूँ। अगर मेरी दाढ़ी आग पकड़ ले तो मैं उसी समय कुआँ खोदना शुरू करूँगा। इसीलिए मुझे आसपास पानी रखने की जरूरत नहीं होती।''

ये चर्चाएँ चल ही रही थीं कि गाँव में सचमुच ही कहीं आग लग गई। उसने घरों, छतों और छप्परों को जलाकर राख कर दिया। जगह-जगह से चिनगारियाँ फूटने लगीं और आग पर काबू पाने के लिए पानी की तलाश में गाँव के लोग इधर-उधर भागते रहे।

निकम्मों के क्लब में भी सबने यह शोर-शराबा सुना, मगर यह देखने के लिए कि क्या हो रहा था, किसी ने भी बाहर निकलने की जहमत नहीं उठाई।

''क्या हो रहा है?'' वे बस एक-दूसरे से पूछते रहे।

''अरे कुछ नहीं,'' बृज ने अपने साथियों का ध्यान उधर से हटाना चाहा, ''कोई सरकस या तमाशा होगा। तो हम लोग किस बारे में बात कर रहे थे?''

अब तक आग उनकी सड़क तक पहुँच चुकी थी। वह तेजी से उस घर की ओर बढ़ रही थी, जहाँ सारे निकम्मे बैठे थे। अब उन्हें आग की गरमी महसूस होने लगी थी। बृज के दोस्तों को पसीना आ रहा था और वे नर्वस हो रहे थे। जल्द ही आग उस घर की छत तक पहुँच गई। बृज अब भी यही कहता रहा, ''फिक्र मत करो, फिक्र मत करो। अब बारिश होगी और वह इस आग को बुझा देगी।'' थोड़ा रुककर फिर बोला, ''हवा आग की विपरीत दिशा में चल रही है, हमें आग से भयभीत नहीं होना चाहिए।''

अंत में उसके दोस्त आग की गरमी बरदाश्त न कर पाए और वे चिल्लाते हुए बाहर भागे, परंतु बृज बहुत जिद्दी था, उसने वहाँ से हटने से इनकार कर दिया। अंत में आग उस तक पहुँच गई और उसकी दाढ़ी

झुलसने लगी। अब तो बृज भी डर गया, "बचाओ, बचाओ!" वह चिल्लाया।

"अब तुम कुआँ खोदना शुरू करो," खिड़की से झाँकते उसके दोस्तों ने सुझाया।

"अरे, मेरे लिए तालाब से थोड़ा पानी ले आओ," बृज ने विनती की।

"वह बहुत दूर है," उसके दोस्त बाहर से ही चिल्लाए, "हो सकता है बारिश ही होने लगे," उन्होंने कहा।

अब तक उसकी दाढ़ी जलने लगी थी और बृज अपने आपको लपटों से दूर रखने के लिए उछलने और नाचने के सिवाय कुछ न कर सका। तभी अचानक उस पर पानी की बौछर होने लगी। कोई व्यक्ति आग पर ठंडा-ठंडा पानी डालकर उसे बुझाने की कोशिश कर रहा था।

बृज को अपनी खुशकिस्मती पर विश्वास न हुआ। उसे बचाया किसने था? वे और कोई नहीं शांति और गाँव की दूसरी स्त्रियाँ थीं, जिन्होंने अपने घरों को बचाने के लिए कुओं और तालाब से पानी लाने में कड़ी मेहनत की थी।

आखिरकार, बृज ने अपना सबक सीख लिया। आलसी बने रहना और अपने आप को ठंडे दिमाग का आदमी समझने की गलतफहमी उसकी मुसीबत के समय कुछ काम न आई थी। इसलिए उसने अपनी अधजली दाढ़ी मुँडवा ली और शांति द्वारा बताया गया हर काम और उससे भी ज्यादा करने के लिए हर सुबह जल्दी उठने लगा।

□

13

आँखें दिखाएँ वही, जो मन देखना चाहे

एक अलसाई सी दुपहरी में, जब धूप अभी तेज ही थी कि अचानक बादल घुमड़ आए और बारिश होने लगी। लंच में कम-से-कम पंद्रह पूरियाँ गटककर शरन गहरी नींद में सो रहा था। जब वह जागा तो उसने आकाश में इंद्रधनुष देखा। हलकी-हलकी बारिश हो रही थी और गरमियों की तेज धूप भी खिली हुई थी। आकाश में एक स्पष्ट चमकीला इंद्रधनुष टँगा हुआ था। शरन दौड़कर अज्जी के घर गया और अपने दोस्तों को आवाज देने लगा।

सुभा और कृष्णा बगीचे में खेल रही थीं। रघु और दिव्या पढ़ रहे थे। आनंद सो रहा था। शरन इतना उत्साहित था कि उसने सभी को पुकारा, ''अज्जा, अज्जी, सुभा, कृष्णा, रघु, आनंद, दिव्या, बाहर आओ और उसे देखो।''

ऐसी क्या चीज है, यह देखने के लिए सभी बाहर आ गए। बच्चे आश्चर्य से इंद्रधनुष को देखते रहे। शहर के वासी होने के कारण उनमें से किसी ने भी ऊँची-ऊँची इमारतों की मौजूदगी में इतना विस्तृत आकाश

नहीं देखा था। अज्जा और अज्जी के लिए वह एक सामान्य दृश्य था, इसलिए वे अपने-अपने काम में लग गए थे।

शाम को दूध पीते समय बच्चे इंद्रधनुष के बारे में बात कर रहे थे।

''अंग्रेजी में रंगों के नाम के पहले अक्षरों के अनुसार इंद्रधनुष को 'विबग्योर' कहते हैं,'' रघु ने कहा।

''कन्नड़ में इसे कामनाबिल्लू—कामदेव का बाण कहते हैं।'' शरन की माँ ने कहा।

''पुराने जमाने में, जब धूप में बारिश होती थी तो हम कहा करते थे कि लोमड़ी की शादी हो रही है और उसे देखने के लिए हमें इंद्रधनुष पर चलकर जाना होगा,'' अज्जी ने कहा।

''अंत में बात वही है कि वर्षा के जल से गुजरनेवाली सूर्य की किरणें सात रंगों में प्रकट होती हैं,'' अज्जा ने कहा, ''यह आप पर निर्भर करता है कि आप उसे किस नजरिए से देखते हैं।''

अज्जी ने सहमति जताई, ''इस पर निर्भर करते हुए कि आप उसे किस नजरिए से देखते हैं, एक ही चीज कई रूपों में दिखाई देती है और आज मैं तुम्हें इसी तथ्य के बारे में एक कहानी सुना सकती हूँ।''

तुरंत ही सबने अपना ध्यान आकाश से हटाकर अज्जी की ओर लगा दिया।

एक बार बारिश के मौसम में एक बड़ी नदी के किनारे बसे एक छोटे से गाँव चितपुर में लगातार भारी वर्षा होती रही। बारिश इतनी जोरदार थी कि नदी में बाढ़ आ गई। ऊँची-ऊँची लहरें नदी के किनारों से टकरातीं और पेड़ों, घरों और जमीन के बड़े हिस्सों को अपने साथ बहाकर ले जातीं। गाँववासी सचमुच डर गए थे और असहाय होकर ईश्वर से बारिश रोकने के लिए निरंतर प्रार्थना कर रहे थे।

अंत में जब बारिश थमी तो एक-एक करके लोग अपने घरों से निकले। उनमें से एक था राजू। वह नदी के तट पर गया। वहाँ उसने एक ऐसी चीज देखी, जिस पर उसे विश्वास न हुआ और वह आँखें मल-मलकर देखने लगा। वहाँ न जाने कहाँ से एक विशाल काली चट्टान प्रकट हो गई थी और इससे भी अधिक आश्चर्य की बात यह थी कि वह चट्टान हूबहू भगवान् गणेश के सिर की तरह दिखाई देती थी। राजू ने तुरंत चट्टान के सामने साष्टांग दंडवत किया।

"हमारी प्रार्थना सुनकर भगवान् गणेश ने न केवल बारिश रुकवा दी बल्कि हमारी रक्षा के लिए वे स्वयं प्रकट हुए।" किसी खास व्यक्ति को संबोधित किए बिना राजू चिल्लाया, "मैं इसके बारे में सबको बताऊँगा।" वह चीखा और यह खबर सबको बताने के लिए गाँव की ओर भागा।

फिर मूर्तिकार चेतन वहाँ आया। वह भी बारिश थमने के इंतजार में कई दिनों तक अपने घर में बंद रहा था। अब खुले में आकर वह बहुत खुश था और अपनी अगली कलाकृति के बारे में सोच रहा था। अचानक उसकी नजर नदी किनारे पड़ी नई चट्टान की ओर गई। उसका रंग बिलकुल सही था और अपनी आयु और नदी का जल लगातार टकराने से चिकना चमकीला हो गया था। वह जो कुछ गढ़ना चाहता था, वह चट्टान उसका एक परिपूर्ण आधार थी। अपनी छेनी-हथौड़ा लाने के लिए खुशी से झूमता हुआ वह अपने घर की ओर दौड़ा।

अगले मोड़ पर वह नजरों से ओझल हुआ ही था कि घोड़े पर सवार एक व्यापारी वहाँ आया। घोड़ा प्यासा था और इस मकसद से कि वह नदी से पानी पी ले, सवार वहीं उतर गया। उसने भी वह चट्टान देखी।

"अरे, कितनी बड़ी चट्टान है," वह बोला, "और यह कितनी

सुंदर और चिकनी है। इस पर कुछ देर आराम ही कर लूँ।''

चट्टान पर जी भरकर आराम करने बाद उसने तय किया कि इस चट्टान के बारे में वह अपने दोस्तों को बताएगा। वे लोग साथ-साथ ही यात्रा कर रहे थे और नदी किनारे इस चट्टान पर लेटकर उन्हें भी बड़ा सुकून मिलेगा।

वह अपने दोस्तों को बताने चल पड़ा।

उसी समय अपने घोड़े पर सवार एक सैनिक अजीत वहाँ आया। घोड़े से उतरकर उसने अपना मुँह धोया। जब उसका घोड़ा पानी पी रहा था, उसने इधर-उधर नजर दौड़ाई और उसी चट्टान पर उसकी नजर अटक गई। वह चकित रह गया और खुद से ही बोला, 'ओह, नदी किनारे यह कितना बड़ा पत्थर पड़ा हुआ है। मुझे इसे यहाँ से हटवा देना चाहिए, ताकि किसी आपातकालीन स्थिति में यह सड़क पर एक बाधा न बन सके। ऐसे अवरोध न हों तो हमारी सेना बेहतर तरीके से मार्च कर पाएगी। मुझे अपने कमांडर को सूचित कर देना चाहिए।' यह सोचते हुए अपने कमांडर से बात करने के लिए वह वापस अपने कैंप की ओर दौड़ा।

कुछ घंटे बाद दिन में गाँव का धोबी भोलू कपड़ों की अपनी भारी पोटली के साथ नदी किनारे आया। उसे बड़ा आश्चर्य हुआ, जब उसने कपड़े धोने की अपनी पसंदीदा जगह के आसपास लोगों की भीड़ देखी। वे सब एक चट्टान को लेकर बहस कर रहे थे। लोगों को धकेलते-हटाते हुए भोलू भीड़ में घुस गया और ऊँची आवाज में बोला, ''आप लोग ये कर क्या रहे हैं।''

राजू भभक उठा, ''यह चट्टान भगवान् गणेश का प्रतीक है, मैं उसकी पूजा करना चाहता हूँ।''

चेतन उससे भी ऊँची आवाज में बोला, ''नहीं-नहीं, उस चट्टान

का उपयोग मैं अपनी अगली कलाकृति बनाने के लिए करूँगा।''

अब व्यापारी चिल्लाया, ''इस पर आराम करने के लिए मैंने अपने सभी दोस्तों को बुलाया है। यह हमारी है।''

अजीत अपने सैनिकों को वह चट्टान वहाँ से हटाने का आदेश दे रहा था।

अब भोलू मुसकराया और बोला, ''पर यह पत्थर तो कई सालों से यहीं है। पहले इसका आधा भाग दलदल में दबा रहता था। बारिश की वजह से अब दलदल बह गई है और आप लोग उसका ज्यादा हिस्सा देख पा रहे हैं। चितपुर के धोबी कई सालों से कपड़े धोने के लिए इस चट्टान का इस्तेमाल करते आ रहे हैं। इसमें चमत्कार जैसी कोई बात नहीं है। अब आप सब लोग यहाँ से खिसकिए और मुझे अपना काम करने दीजिए।''

ऐसा कहते हुए भोलू ने कपड़ों की अपनी पोटली खोली और अपना काम करने लगा। अब दूसरे लोग क्या कर सकते थे। उन्हें मन-ही-मन भुनभुनाते हुए वहाँ से जाना पड़ा।

□

14

रूपा का मुक्ति अभियान

अज्जा और विष्णु काका के घर लोगों से खचाखच भरे हुए थे। गाँव में एक उत्सव था तथा दूर और पास के बहुत से मित्र और रिश्तेदार शिग्गाँव आए थे। उनमें ऐसे लोग भी थे जिन्हें बच्चों ने कभी देखा नहीं था, यहाँ तक कि उनके बारे में सुना भी न था। किसी ने कहा, ''मैं तुम्हारे पिता का चौथा चचेरा भाई हूँ।'' किसी और ने कहा, ''मैं तुम्हारी दादी का दूसरा ममेरा भाई हूँ।'' दोनों घर भरे हुए थे और हर तरफ आमोद-प्रमोद और हँसी-मजाक चल रहा था। किसी ने एक अलग शयनकक्ष या भोजन की मेज पर किसी खास व्यंजन की अपेक्षा नहीं की थी। उन सभी ने साथ में खाना खाया, हर एक से बातें कीं और जमीन पर बिछे गद्दों पर सो गए।

शहर में रहनेवाले बच्चे यह देखकर चकित थे कि मेहमानों ने कितनी आसानी से खुद को सहज बना लिया था। महिलाओं ने सुबह खाना पकाने में मदद की थी और शाम को वे सभी चमकदार रेशमी साड़ियाँ पहनकर मेले में चली गईं। असल में सभी ने अपनी सबसे अच्छी पोशाकें पहनीं, अज्जी द्वारा दिए गए दो सौ रुपए अपनी जेबों और बटुओं में रखे और मेले

में जाने के लिए निकल पड़े।

मेला भी बहुत अद्भुत था। मुंबई से आए बच्चों ने कहा, ''यह बिलकुल जुहू बीच की चौपाटी जैसा है।''

दिल्ली से आए बच्चों ने कहा, ''यह जनपथ जैसा है।''

दूसरे बच्चों ने कहा, ''यह बंगलुरु की करगा या कलेकइ पेरिशे जैसा है।''

विष्णु काका ने समझाया, ''हर गाँव में किसी देवी या देवता का वास है और साल में एक बार हम बड़ी धूमधाम से उनकी पूजा करते हैं। उत्सव और मेले केवल चीजें खरीदने और बेचने के लिए नहीं हैं। वे लोगों के एक-दूसरे से मिलने, उपहारों का आदान-प्रदान करने, सामूहिक मनोरंजन और भोज का मजा लेने के लिए भी हैं।''

शिग्गाँव से आया यह दल फोटो स्टूडियोज में झाँकता, चूड़ियों की देख-परख करता, गोल-गोल घूमनेवाले झूले में बैठने के लिए अपनी बारी का इंतजार करता और नाच रहे लोगों के साथ तालियाँ बजाते हुए दुकान-दर-दुकान घूम रहा था, तभी किसी का ध्यान गया कि सुभा उनके साथ नहीं थी! भीड़ में किसी समय वह दूसरों से अलग हो गई थी और अब उसका कहीं पता नहीं था।

उसकी माँ ने तुरंत रोना-पीटना शुरू कर दिया। अज्जी ने उसे दिलासा दी। विष्णु काका भी चिंता में पड़ गए थे। बच्चे डरे हुए और रोमांचित भी थे। यह बिलकुल 'होम एलोन' जैसा था। विष्णु काका पुलिस सहायता बूथ पर जाने ही वाले थे कि सबने माइक पर सुभा की आवाज सुनी।

''मैं पुलिस स्टेशन में हूँ, विष्णु अज्जा, प्लीज यहाँ आकर मुझे ले जाओ।''

जब सुभा मिल गई तो उसकी माँ ने उसे डाँटना शुरू कर दिया।

परंतु सुभा को इसकी परवाह नहीं थी, ''मैं तो बिलकुल नहीं घबराई थी,'' उसने कहा, ''जब मुझे पता चला कि मैं आप लोगों के साथ नहीं हूँ तो मैं सीधे पुलिस थाने चली गई और उन्हें अपने गुम होने की घोषणा करने के लिए कहा।''

सभी ने स्वीकार किया कि वह एक बहादुर और समझदार लड़की थी और परिवर्तन के तौर पर उस दिन विष्णु काका बोले, ''आज मैं तुम्हें एक छोटी सी लड़की की कहानी सुनाऊँगा, जिसमें सुभा की तरह बहुत हिम्मत थी। जब मैं छोटा था, मैंने यह कहानी एक पुस्तक में पढ़ी थी।''

एक समय रूपा नाम की एक बड़ी होशियार लड़की हुआ करती थी। वह अनाथ थी और गाँव के लोगों ने ही उसे पाल-पोसकर बड़ा किया था। वह बहुत मेहनती थी और सयानी होते ही अपना सारा कामकाज उसने खुद सँभाल लिया। परंतु पड़ोसियों द्वारा इतना प्यार दिए जाने के बावजूद उसे अपना परिवार न होने का एहसास कचोटता रहता था।

एक दिन जब रूपा करीब सोलह वर्ष की थी, वह कपड़े धोने और पानी भरकर लाने के लिए गाँव की कुछ स्त्रियों और लड़कियों के साथ नदी पर गई। दीवाली नजदीक ही थी और हर कोई उत्साह से भरा था। किसको कौन से नए कपड़े मिलेंगे उसी विषय पर वे चर्चा कर रहे थे। कुछ को उम्मीद थी कि उनके पति या पिता उनके लिए सुंदर-सुंदर उपहार लेकर आएँगे। अगले कुछ दिनों में होनेवाली मौज-मस्ती की उत्सुकता से प्रतीक्षा सबको थी।

केवल रूपा खामोश थी। उसका अपना कोई न था, जो उसके लिए नए कपड़े, जूते या उपहार खरीदकर लाता। गाँववाले उसे प्यार करते थे, परंतु उनके पास इतना पैसा था कि वे अपनी ज़रूरतें ही

मुश्किल से पूरी कर पाते थे। फिर वह कैसे उम्मीद कर सकती थी कि वे उसके लिए कुछ लाएँगे। फिर भी आज उसके आसपास बैठी युवतियों की इठलाती हुई बातों को सुनकर वह और चुप न रह सकी।

"इस साल तो मुझे भी एक नई साड़ी मिलेगी।" उसने अपनी सबसे अच्छी सहेली रमा से कहा।

रमा और वहाँ बैठी दूसरी लड़कियों को अचंभा हुआ। रूपा को नई साड़ी कौन दिलानेवाला था।

"उस दिन मैंने अपने दूर के एक चाचा को कहते सुना था। वे बहुत वर्षों से दूर किसी शहर में नौकरी करते थे और उन्हें पता नहीं था कि मेरे माता-पिता की मृत्यु हो चुकी है। चूँकि अब वो वापस आ गए हैं, उन्होंने दीवाली पर मुझसे मिलने का वादा किया है। मुझे पूरा विश्वास है कि वे मेरे लिए कोई अच्छा सा उपहार लेकर आएँगे।"

रूपा ने एक कहानी गढ़ी। वह अपने काल्पनिक चाचा के बारे में और भी बहुत कुछ बताती रही। ये सब बातें सुनकर उसकी सहेलियों के मुँह आश्चर्य से खुले रह गए। फिर वे एक-दूसरे से यह कहती हुई कि रूपा की किस्मत देखो, अब वह दुनिया में अकेली नहीं रहेगी', अपने-अपने घर चली गईं।

जैसे ही युवतियों का समूह वहाँ से रवाना हुआ, एक पेड़ की आड़ से जो आदमी निकला वह और कोई नहीं चालबाज भोलू था। वह उस पेड़ के नीचे लेटकर अगली चोरी की योजना बना रहा था कि उसे नींद आ गई। नींद से जागने पर उसने उन युवतियों को बात करते सुना तो इस आशा में और ध्यान से सुनने लगा कि उसे गाँववालों के बारे में कोई काम की बात पता लग जाए। बेशक उसने रूपा की कहानी सुन ली थी और अब उसके मन में एक योजना तैयार थी।

भोलू ने एक बूढ़े का वेश धारण किया और रूपा का चाचा होने का

स्वाँग भरकर दीवाली के कुछ दिन पहले उसके घर जाने का फैसला किया। उसने योजना बनाई कि रूपा के माँ-बाप उसके लिए जो गहने छोड़कर गए होंगे, उन समेत वह रूपा को अपने साथ ले जाएगा।

दीवाली से एक हफ्ता पहले एक वृद्ध अजनबी रूपा के दरवाजे पर आ खड़ा हुआ। उसके हाथों में नए कपड़े, मिठाई और दूसरे उपहार थे। रूपा किसी काम से बाहर गई थी। यह जानने के लिए कि वह कौन है, उसके पड़ोसी अपने-अपने घरों से निकल आए। भोलू ने रूपा के ऐसे चाचा का अभिनय किया, जो लंबे समय से रूपा से बिछुड़ा हुआ था और उससे मिलने के लिए तड़प रहा था। जब रूपा लौटकर आई तो उसने पड़ोसियों को एक बूढ़े आदमी के साथ बैठे हुए देखा, जो कह रहा था कि मैं रूपा का चाचा हूँ। ठीक उसी तरह जैसे रूपा ने अपनी मनगढंत कहानी में अपनी सहेलियों को कहते हुए बताया था।

रूपा हैरान रह गई। ऐसा कैसे हो गया? उसने तो अपना एक रिश्तेदार होने की एक झूठी कहानी सुनाई थी, ताकि उसकी सहेलियाँ उस पर दया न दिखाएँ और यहाँ सचमुच ही एक आदमी आकर खड़ा हो गया था। तभी उसका वह पड़ोसी, जिसने इतने वर्षों से उसकी देखभाल की थी, बोला, ''रूपा, ये तुम्हारे चाचा भोलू हैं। जब इन्हें पता चला कि इनकी एक भतीजी है तो ये तुम्हें ढूँढ़ते हुए यहाँ पहुँच गए हैं। ये तुम्हें अपने साथ घर ले जाना चाहते हैं और अपनी बेटी की तरह तुम्हारा पालन-पोषण करना चाहते हैं। तुम कितनी खुशकिस्मत हो रूपा और तुम्हारे साथ-साथ हम भी बहुत खुश हैं।''

रूपा ने बारी-बारी से सबकी ओर देखा। सभी की आँखें खुशी से चमक रही थीं। उसने सोचा कि अपने इस चाचा के साथ जाने में हर्ज क्या है। जो थोड़ा बहुत सामान उसके पास था उसे बाँधा तथा अपनी सहेलियों और पड़ोसियों को अलविदा कहते हुए भोलू के साथ चली गई।

जैसे ही भोलू घर पहुँचा, उसने अपना नकली वेश त्याग दिया और अब रूपा के सामने एक युवक खड़ा था। रूपा के तो होश उड़ गए। ओह, कितनी मूर्ख थी वह, जो इस आदमी की कहानी पर भरोसा करके इसके साथ चली आई! वह और कुछ नहीं एक धोखेबाज था।

भोलू के घर में उसकी माँ के सिवाय कोई नहीं था और वह भी बूढ़ी, बहरी और अंधी थी। खाना खाने के बाद भोलू ने कुछ देर घूमने-फिरने और अपने दोस्तों को यह बताने का इरादा बनाया कि उसने रूपा का अपहरण कैसे किया था। रूपा ने भी खाना खाया और नींद का बहाना करते हुए जोर से जमहाई ली और भोलू की माँ से बोली, "काकी, इतनी लंबी यात्रा के बाद मैं बहुत थक गई हूँ। मैं थोड़ी देर सोने जा रही हूँ। अगर आपका बेटा आए तो उससे कहना कि वह मुझे जगाए नहीं।"

भोलू की माँ ने ज्यादा कुछ सुना नहीं था, फिर भी उसने सहमति में सिर हिलाया। रूपा तेजी से दूसरे कमरे में गई, भोलू के कपड़ों में से दो कपड़े चुने और उन्हें पहनकर वहाँ से भाग गई। वह अपने साथ कुछ सिक्के और एक मोटा सा डंडा ले गई, ताकि जरूरत पड़ने पर अपनी रक्षा कर सके। जाने से पहले उसने पलंग पर कई तकिए रखे और उन्हें एक चादर से ढक दिया, ताकि शाम के धुँधलके में ऐसा लगे मानो कोई सो रहा हो। अगर कोई व्यक्ति दरवाजे से ही देखता तो उसे यही लगता कि वहाँ कोई स्त्री सो रही है।

साँझ ढलने के काफी देर बाद भोलू घर लौटा। उसकी माँ ने उससे कहा कि रूपा अपने कमरे में है। उसने झाँककर देखा कि कोई सो रहा है। वह वहाँ से हट गया। कई घंटे बीत गए। भोलू बार-बार जाँच करता रहा कि रूपा जाग गई है या नहीं, परंतु हर बार वह उसे एक ही स्थिति में सोती नजर आई। आखिरकार वह समझ गया कि जरूर कोई गड़बड़ है।

वह पलंग तक गया और चादर खींच ली। उसके आघात की कल्पना करो, जब उसने देखा कि पलंग पर तकियों के सिवाय कुछ नहीं था। रूपा भाग गई थी! वह तुरंत बाहर भागा और हर एक से पूछने लगा कि क्या उन्होंने किसी सुंदर लड़की को उसके घर से निकलते देखा है? परंतु किसी ने नहीं देखा था, क्योंकि रूपा ने चालाकी से एक पुरुष का वेश धारण कर लिया था।

इस बीच रूपा कई मील चलकर एक दूसरे शहर में पहुँच गई थी। वहाँ उसने काम की तलाश की। एक लॉज के मालिक ने उसे मेहमानों का ध्यान रखने और उनका कमरा दिखाने के लिए नौकरी पर रख लिया। रूपा, जो अब खुद को रूपेश बताती थी, यह काम करके खुश थी। वह भोलू का कुछ इलाज किए बिना अपने गाँव वापस नहीं जा सकती थी, अन्यथा वह एक बार फिर उसके चाचा का स्वाँग भरकर उसे वहाँ से ले जाता।

कई दिनों बाद भोलू उस शहर में आया। हर एक से यह पूछते हुए कि उन्होंने रूपा जैसी किसी लड़की को देखा है, वह दुकानों, लॉजों और बाजारों में भटकता रहा। निश्चित रूप से किसी ने ऐसी कोई लड़की नहीं देखी थी। जब रूपा को इसके बारे में पता चला तो उसने उसे एक सबक सिखाने का फैसला किया। जब भोलू उसकी लॉज में पहुँचा तो वह पुरुष वेश में काम कर रही रूपा को पहचान नहीं पाया। वह उसे रातभर के लिए कमरा देने को राजी हो गई। उसने भोलू से कहा, "सर, मैं आपको अटारी में एक कमरा दूँगा। वह बहुत बढ़िया, गरम और आरामदायक है और वहाँ आप इस कड़ाके की सरदी से बचे रहेंगे।"

भोलू खुशी से मान गया और उसके पीछे-पीछे कमरे की ओर चला। एक कमरे की दीवार के साथ एक सीढ़ी रखी थी, ज़ो एक छोटे से दरवाजे तक पहुँचती थी। रूपा उर्फ रूपेश ने सीढ़ी दिखाते हुए भोलू

को समझाया, "सीढ़ी चढ़कर उस दरवाजे से भीतर जाकर आप अटारी में पहुँच जाएँगे।" भोलू जल्दी-जल्दी सीढ़ी चढ़ा। अटारी में अपना पलंग देखा और कंबल ओढ़कर सो गया।

आधी रात को रूपा चुपके से कमरे में आई और वहाँ से सीढ़ी हटा दी। फिर उसने अटारी के दरवाजे से ठीक नीचे कंकड़-पत्थर बिछा दिए और उन पर जोर से पैर पटककर चलने लगी। आवाज सुनकर भोलू चौंककर उठ बैठा। नीचे कमरे में कौन इस तरह घूम रहा हैं! उसने डरते-डरते पूछा, "क···क···कौन है वहाँ,"

रूपा ने मरदानी आवाज में कहा, "आप चिंता न करें, सर। पुलिसवाले एक चोर की तलाश कर रहे हैं, जो उनके विचार से इसी लॉज में छिपा हुआ है।"

अब भोलू सचमुच डर गया। पुलिस को कैसे पता चला कि वह एक चोर और ठग है। उसे जरा भी संदेह नहीं था कि पुलिस उसी को ढूँढ़ रही होगी, उसने वहाँ से भागने का फैसला किया। उसने अटारी का दरवाजा खोला और सीढ़ी पर पैर रखा। परंतु वहाँ कोई सीढ़ी नहीं थी! भोलू धम से नीचे फर्श पर जा गिरा। जब उसने उठने की कोशिश की तो पूरे कमरे में फैले कंकड़ पत्थरों पर उसका पैर फिसला और वह फिर से धड़ाक से गिरा। घबराहट में कई बार ऐसा हुआ। अंत में उसका सिर एक दीवार से टकराया और वह अचेत हो गया।

रूपा दरवाजे पर खड़ी यह तमाशा देख रही थी। उसकी योजना काम कर रही थी। जैसे ही भोलू बेहोश हुआ रूपा ने उसे उठाया और एक बड़े से बक्से में लिटा कर ऊपर से रेशम का एक बढ़िया कपड़ा डाल दिया। फिर बक्से को बंद कर घसीटती हुई लॉज से बाहर ले गई और वहीं खड़ी रही। जल्दी ही लॉज की दिशा में एक बैलगाड़ी आती दिखाई दी, जिस पर दो यात्री बैठे थे। जब उन्होंने रूपा उर्फ रूपेश को

लॉज के बाहर खड़े देखा तो पूछा, "क्या तुम इस लॉज के मैनेजर हो"

रूपा ने सहमति में सिर हिलाया।

"फिर तुम यहाँ क्यों खड़े हो?"

कुछ चिंतित स्वर में रूपा ने जवाब दिया, "मैं ही इस लॉज का काम-काज देखता हूँ। एक विवाह समारोह में शामिल होने के लिए आज मुझे अपने गाँव जाना था। मगर काम इतना ज्यादा था कि मैं निकल नहीं पाया और अब मैं इस भारी बक्से के साथ अपनी बैलगाड़ी का इंतजार कर रहा हूँ।" फिर अपनी आवाज धीमी करते हुए वह फुसफुसाई, "यह बक्सा उन उपहारों से भरा हुआ है, जो मैंने विवाह समारोह के लिए खरीदे थे और अगर मैं समय पर नहीं पहुँचा तो सभी को बड़ी निराशा होगी।"

उठाईगीर जैसे दिखनेवाले उन दोनों यात्रियों ने एक-दूसरे की ओर देखा। दोनों के मन में एक ही विचार आया। उन्होंने कहा, "फ़िक्र न करो भाई। तुम हमारी गाड़ी पर चल सकते हो। तुम अपना बक्सा इस गाड़ी पर क्यों नहीं रख देते? पर हम यहाँ से रवाना हों उससे पहले तुम हमें एक ग्लास पानी पिला सकते हो?"

रूपेश उर्फ रूपा मन-ही-मन मुसकराई। वह बक्से को घसीटकर लाई और उसे गाड़ी पर रख दिया। फिर वह पानी लेने भीतर चली गई। उसने जान-बूझकर कुछ ज्यादा ही समय लिया। उसके मुड़ते ही दोनों यात्रियों ने यह देखने के लिए कि बक्से के अंदर क्या है, उसे खोला। उनकी नजर रेशमी कपड़े पर पड़ी। उन्होंने सोचा कि सभी कीमती चीजें रेशमी कपड़े से बाँधकर रखी गई हैं, बक्से को तुरंत बंद कर दिया। यह तसल्ली होने के बाद कि कीमती चीजें उनके हाथ लगी हैं। उन्होंने बैलों को तेजी से हाँका और गाड़ी दौड़ा दी।

जब वे आँखों से ओझल हो गए तो रूपा मुसकराई। उसकी योजना

सफल रही थी। वह दौड़कर पास के पुलिस थाने में गई और पुलिस को बक्से की चोरी के बारे में बताया।

बैलगाड़ी पर बैठे दोनों आदमी अभी कीमती माल पर हाथ साफ करने का जश्न मना ही रहे थे कि यह देखकर उनके होश उड़ गए कि कुछ दूरी पर पुलिसकर्मी उन्हीं का इंतजार कर रहे थे। उन्हें समझ न आया कि अब वे क्या करें। उस समय वे एक नदी पर बना पुल पार कर रहे थे। उन्होंने बक्से को धक्का देकर नदी में गिरा दिया। फिर उन्होंने राहत की साँस ली और अपने रास्ते चले गए।

तो इस तरह भोला का अंत हुआ और रूपा अपने गाँव लौट गई, जहाँ वह अपने बल पर सुख से रहने लगी। उसने अब किसी अजनबी पर भरोसा न करने का फैसला किया।

और यही हमारी बहादुर सुभा ने भी किया। जब वह मुसीबत में थी, उसने किसी अजनबी से बात नहीं की, बल्कि मदद के लिए सीधे पुलिस के पास गई। जब हम मुसीबत में हों, हमें भी हमेशा इसी तरह अविचलित रहना चाहिए।

यह कहते हुए विष्णु काका ने कहानी समाप्त की। अपनी इतनी प्रशंसा सुनकर सुभा बहुत खुश थी और इसी मूड में वह पूरे रास्ते अपने भजिए खाती रही।

□

15

पाँच चम्मच नमक

एक सुबह अज्जी ने अज्जा से कहा, ''आज हाट (गाँव का साप्ताहिक बाजार) का दिन है। क्यों न तुम बच्चों को वहाँ ले जाओ, ताकि वे हाट देख सकें और तुम घर के लिए सब्जियाँ और दूसरी चीजें ला सको?''

आमतौर पर अज्जा इस पर राजी हो गए होते, परंतु अभी वे हिचक रहे थे।

''मैं इतने बच्चों को कैसे सँभालूँगा, वह भी हाट में? याद है, मेले में क्या हुआ था! वहाँ तो कम-से-कम एक अस्थायी पुलिस सहायता केंद्र था। हाट में तो ऐसा कुछ नहीं होगा।''

अज्जी मान गईं। हाँ, यह समस्या तो है। फिर उनके मन में एक विचार आया।

''क्यों न हम विष्णु से पूछें कि क्या वे कुछ घंटों के लिए दामू को हमारे साथ भेज सकते हैं? दामू तुम्हारे साथ चला जाएगा और बच्चों पर नजर रखने में तुम्हारी मदद करेगा।''

दामू विष्णु काका का दाहिना हाथ था। उसे सब लोग मि. भरोसेमंद

कहते थे। वह कार चलाता, खाना पकाता, खेतों में काम करता, हिसाब-किताब देखता और हर तरह से विष्णु काका का ध्यान रखता था। विष्णु काका उसके बिना न तो घर चला सकते थे और न खेत में फसल उगा सकते थे। विष्णु काका का बेटा अपने परिवार के साथ दिल्ली में रहता था और केवल छुट्टियों में ही आता था, इसलिए दामू ही उनका सच्चा साथी था।

तो इस तरह सभी सात बच्चे, रामू और विष्णु काका अब हाट जाने के लिए तैयार थे। दामू की एक योजना थी। हाट केवल दो किलोमीटर दूर है। क्यों न हम सब पैदल चलें और अज्जा को ऑटो में जाने दें? बच्चे घबरा गए। इतनी गरमी में दो किलोमीटर पैदल चलना!

"ओह, वह कितना बोरिंग भी तो होगा," रघु ने कहा।

दामू ने प्रलोभन दिया "मेरे साथ चलो। मैं तुम्हें इतनी मजेदार कहानियाँ सुनाऊँगा कि तुम सबकुछ भूल जाओगे यहाँ तक कि गरमी भी।"

बच्चे मान गए। पर मीनू की एक शर्त थी, "वह एक सच्ची कहानी होनी चाहिए दामू अण्णा।"

दामू विचलित नहीं हुआ, "मैं तुम्हें अपनी बहन की कहानी सुनाऊँगा। क्या तुम जानते हो मैं 'मि. भरोसेमंद' कैसे बना? मैंने देखा था कि भूलने की आदत के कारण उसके साथ क्या हुआ था, इसलिए मैंने यह तय किया कि मैं अपने साथ ऐसा कभी नहीं होने दूँगा।"

तो उसने कहानी शुरू की।

"गीता, तुम कहाँ हो? जरा दौड़कर पास के मेडिकल स्टोर से मेरे लिए ये दवाइयाँ ले आओ।" गीता के दादाजी ने उसे आवाज दी।

गीता थी कहाँ? वह बिस्तर पर लेटी एक पुस्तक पढ़ रही थी।

बहुत देर तक उसने बहाना किया कि उसने वह सुना ही नहीं था, जो दादाजी कह रहे थे। पुस्तक इतनी मजेदार थी और बाहर इतनी गरमी थी कि वह बिस्तर छोड़ना ही नहीं चाहती थी।

"गीता!" इस बार उसे पुकारनेवाली आवाज उसकी माँ की थी। एक लंबी साँस लेकर लड़की ने बिस्तर छोड़ा और दादाजी के पास गई। उन्होंने उसे कुछ रुपए दिए और बोले, "सुबह से ही मेरे सिर में दर्द हो रहा है। क्या तुम मेरे लिए ये दवाइयाँ ले आओगी?"

गीता ने पैसे लिये और दवाइयों की दुकान जाने के लिए निकल पड़ी। रास्ते में मिठाई की एक दुकान से गुजरी। ओह, वहाँ कितने बढ़िया गुलाब जामुन, लड्डू और जलेबियाँ सजाई गई थीं। उसे कुछ तो खाना ही होगा। उसे जिस काम के लिए भेजा गया था, उसे भूलकर गीता दुकान में घुस गई और मिठाइयाँ खाना शुरू कर दिया। जल्द ही उसकी एक सहेली भी वहाँ आ गई। दोनों सहेलियाँ बड़ी देर तक खाती और बतियाती रहीं। गीता सिरदर्द से परेशान बेचारे दादाजी को बिलकुल भूल चुकी थी।

दोपहर के बाद शाम भी ढल गई और दवाइयों की दुकान भी बंद हो गई। तब गीता को याद आया कि वह घर से किसलिए निकली थी। जब वह जल्दी-जल्दी घर लौटी तो दादाजी उस पर बरस पड़े, "गीता, तुम कब बड़ी होगी और जिम्मेदारियाँ निभाना सीखोगी?" एक लंबी साँस लेते हुए उन्होंने पूछा।

गीता को बहुत बुरा लगा, मगर क्या उसने अपने में कोई सुधार किया? नहीं, वह वैसी ही भुलक्कड़ लड़की बनी रही। जब उसकी माँ ने उसे बाहर रस्सी पर सूख रहे कपड़ों को लाने के लिए कहा तो उसे अगली सुबह ही इसकी याद आई! तब तक रात में बारिश होने की वजह से कपड़े फिर से गीले हो गए थे। एक दिन उसे अपनी बहन का लंच

बॉक्स लेकर उसके स्कूल जाना था। रास्ते में उसने देखा कि शहर में सरकस लगा हुआ है। पूरी सुबह गीता जानवरों को खाते और शो के लिए प्रशिक्षण लेते देखने के लिए सरकस के तंबुओं के आसपास घूमती रही। जब उसे खुद भूख लगी तो उसने अपने हाथ में लंच बॉक्स देखा और उसे ध्यान आया कि उसकी बहन तो लंच लिये बिना वापल घर भी पहुँच चुकी होगी।

एक बार उसके पापा ने काम पर जाने के लिए जल्दी-जल्दी तैयार होते समय उससे जल्दी से अपनी शर्ट पर प्रेस करने के लिए कहा। गीता ने शर्ट उठाई और उसे खिड़की के पास रखी कपड़े प्रेस करने के लिए इस्तेमाल होने वाली टेबल पर रख दिया। तभी अपनी टोकरी में बड़े-बड़े रसीले आम रखे। एक फलवाला वहाँ से गुजरा! बेशक, गीता शर्ट पर रखी गरम प्रेस के बारे में सबकुछ भूलकर आम छाँटने के काम में व्यस्त हो गई। जब शर्ट जले हुए टोस्ट की तरह करारी हो गई और धुआँ उठने लगा तभी उसने पीछे मुड़कर देखा कि क्या हो गया था। उस दिन उसके पापा बहुत ही नाराज हुए थे।

इस घटना से कुछ दिन बाद गीता स्कूल से लौटी और उसने घोषणा की कि अगले दिन उसकी पूरी क्लास को पिकनिक पर ले जाया जा रहा है। टीचर ने हर विद्यार्थी से कोई एक चीज घर से बनवाकर लाने के लिए कहा था, जिसे सभी बच्चे शेयर करेंगे। गीता ने साँभर चुना था। उसे अपनी माँ द्वारा बनाए गए स्वादिष्ट चटपटे साँभर पर बहुत गर्व था और वह अपने दोस्तों को भी उसका स्वाद चखाने के लिए बेताब थी। गीता की माँ एक बड़े से पतीले में साँभर बनाने के लिए तैयार हो गईं, ताकि अगले दिन पिकनिक पर गीता उसे अपने साथ ले जा सके। उस रात आनेवाले मजेदार दिन की कल्पना करते हुए गीता खुशी-खुशी सोने के लिए चली गई।

अगली सुबह उसकी माँ सोकर जल्दी उठीं और साँभर बनाना शुरू कर दिया। उन्होंने दाल उबाली, उसमें सब्जियाँ, नारियल और सभी मसाले डाले और उबालने के लिए पतीला चूल्हे पर रख दिया। जल्दी ही पतीले से बढ़िया खुशबू उठने लगी और उसने बिस्तर पर सो रही गीता की नाक में प्रवेश किया। उसे करवट बदलते देखकर उसकी माँ ने कहा, ''गीता अब उठ जाओ, बेटी। देखो, तुम्हारा साँभर लगभग तैयार हो गया है। मैं मंदिर जा रही हूँ, इसलिए कुछ देर बाद उसमें पाँच चम्मच नमक डाल देना बस। भूलना नहीं और तुम जल्दी से उठकर तैयार हो जाओ।''

यह कहते हुए वे चली गईं। रसोई में खड़ी गीता की दादी ने यह सब सुना और बड़बड़ाने लगीं, ''पता नहीं बहू को कब समझ आएगा कि गीता कोई चीज याद नहीं रख सकती। मुझे पक्का पता है कि वह लड़की नमक डालना भूल जाएगी। फिर उसके सभी दोस्त उसे चिढ़ाएँगे। इससे बेहतर यह होगा कि हम पहले से ही सावधान रहें।'' यह कहते हुए उन्होंने साँभर में पाँच चम्मच नमक डाल दिया।

गीता के दादा बरामदे में बैठकर अखबार पढ़ रहे थे। उन्हें वह दिन अच्छी तरह से याद था, जब इस उम्मीद में कि गीता दवाइयाँ लेकर आएगी, उन्होंने सारा दिन सिरदर्द के साथ गुजारा था। 'गीता और कोई बात याद रखे, वह तो एक चमत्कार ही होगा। वे बुदबुदाए और किचन में जाकर साँभर में खुद ही पाँच चम्मच नमक डाल दिया।

स्कूल जाने की तैयारी में गीता की बहन अपने बालों में कंघी कर रही थी। उसे भी वह दिन याद आया जब इस इंतजार में कि गीता उसका लंच बॉक्स लेकर आएगी, वह स्कूल में भूखी रही थी। इस बात पर पक्का भरोसा करके कि गीता नमक के बारे में भूल जाएगी, वह तेजी से रसोई में गई और साँभर में पाँच चम्मच नमक डाल दिया।

गीता का भाई, जो उस समय ब्रश कर रहा था, जब उनकी माँ गीता को हिदायत दे रही थी, उसने सोचा कि हमेशा की तरह गीता नमक डालना भूल ही जाएगी। उसने भी पतीले में कुछ चम्मच नमक डाल दिया और चला गया।

गीता के पिता बड़ी लगन से अपनी शर्ट पर प्रेस कर रहे थे। दूसरों की तरह उन्होंने भी किचन में जाकर साँभर में नमक डाल दिया।

अब तक गीता भी जाग चुकी थी और यह एक चमत्कार ही था कि उसे याद था कि उसे साँभर में नमक डालना है। इसलिए उसने भी किचन में जाकर साँभर में पाँच चम्मच नमक मिला दिया जैसा उसकी माँ ने कहा था। अब तक उसकी माँ भी वापस आ चुकी थी। उन्होंने एक बड़े से बरतन में साँभर उड़ेल दिया और अपनी बेटी को थामते हुए उसे पिकनिक पर भेज दिया।

पिकनिक स्पॉट पर सभी बच्चे खूब खेले-कूदे और मौजं की। जल्द ही उन्हें भूख लग आई और अब उनका खाने के सिवाय कुछ भी करने का मन नहीं था। बढ़िया व्यंजनों से भरे डिब्बों और मर्तबानों के साथ प्लेटें और चम्मच निकल आए। प्लेटें चावल, चटनियों, सब्जियों, पूरियों और कई तरह के व्यंजनों से भर दी गईं। गीता साँभर परोस रही थी, सभी ने कटोरियाँ भर-भरकर साँभर लिया। परंतु जैसे ही उन्होंने साँभर का पहला चम्मच मुँह में डाला सभी चिल्लाने लगे, "अरे इतना कड़वा पानी, ये साँभर है ?" गीता को समझ न आया कि क्या गलत हो गया था, फिर उसने अपनी प्लेट में रखे चावल और साँभर को चखा।

"ओह, यह तो बिलकुल कड़वा है।' ऐसा लग रहा था मानो माँ ने समुद्र का सारा नमक निकालकर साँभर में डाल दिया हो। फिर गीता को याद आया कि उसकी माँ ने तो साँभर में नमक डाला ही नहीं था, बल्कि खुद उसी ने यह काम किया था। फिर गड़बड़ कैसे हो गई ?

उस दिन गीता के घर में सभी लोग उत्सुकता से उसके लौटने का इंतजार कर रहे थे कि वह आकर बताएगी कि पिकनिक कितनी अच्छी रही। परंतु यह क्या? वह भारी कदमों से धीरे-धीरे आ रही थी, उसका चेहरा उदास था और उस पर आँसुओं के निशान थे। आखिर हुआ क्या था?

गीता एक साथ सब पर बरस पड़ी, ''क्या किसी और ने भी साँभर में नमक मिलाया था?''

''हाँ, मैंने मिलाया था,'' दादी ने कहा।

''मैंने भी,'' दादाजी बोले।

''और मैंने भी,'' पिता ने कहा।

''मैंने भी।'' अब भाई की बारी थी।

''और मैंने भी।'' गीता की बहन बोली।

उन सबने निराशा के भाव से एक-दूसरे की ओर देखा। इसमें आश्चर्य की कोई बात नहीं थी कि गीता इतनी उदास क्यों दिखाई दे रही थी। उस नमक से भरे साँभर को लेकर उसके दोस्तों ने उसका बहुत मजाक उड़ाया होगा।

''आप सबने नमक क्यों मिलाया? अम्मा ने तो केवल मुझे कहा था,'' गीता रोने लगी।

''ओह डियर, तुमसे जो कुछ करने के लिए कहा जाता है, तुम भूल जाती हो, इसलिए हमने सोचा कि शायद···इस बार भी तुम भूल जाओगी,'' सभी ने उदास स्वर में यही कहा।

अब उसकी माँ ने उसे अपनी ओर खींचा, उसके आँसू पोंछे और बोली, ''देखो यह सब इसलिए हुआ कि किसी को भी यह विश्वास नहीं था कि तुम्हें कई बार याद दिलाए बिना तुम कोई भी काम कर सकती हो। वादा करो कि अब से तुम एक सचेत जिम्मेदार लड़की बन जाओगी और हम सब विश्वास कर सकेंगे कि तुम्हें जो काम दिया गया

है, वह तुम जरूर करोगी।''

गीता ने सुबकते हुए सहमति में सिर हिलाया। उसके बाद वह अपने कामों के प्रति पहले से कहीं ज्यादा सचेत रहने लगी। हालाँकि दोस्तों को समझाने में वक्त लगा, परंतु एक दिन उसकी माँ के बने स्वादिष्ट व्यंजन, विशेष रूप से उनका खास साँभर खाने के लिए उसके दोस्त उसके घर आए और उनमें से हर एक ने माना कि उन्होंने इससे पहले इतना स्वादिष्ट साँभर कभी नहीं खाया था।

जब तक कहानी खत्म होती बच्चों ने देखा कि वे हाट में पहुँच चुके थे। सब तरफ सब्जियों, मिठाइयों और फूलों के ढेर लगे थे। वहाँ बकरों, गायों, भैसों, मछलियों, मुरगियों और अंडों की बिक्री हो रही थी। सुपारी, इलायची और अन्य मसालों की खुशबू हवाओं में थी। यह मेले से अलग था, मेले में लोग मनोरंजन के लिए जाते हैं, यहाँ जोर-शोर से व्यापार हो रहा था और हर कोई कुछ-न-कुछ खरीद या बेच रहा था। फल और सब्जियाँ बिलकुल ताजी थीं। फूल तो ऐसे मालूम होते थे मानो अभी-अभी तोड़े गए हों। सबका बरताव दोस्ताना था।

एक फल विक्रेता अज्जा को बोला, ''नमस्ते, मास्टरजी। ओह! आप अपने नाती-पोतों के साथ आए हैं। सबको इस तरह देखना बड़ा अच्छा लगता है।''

फिर उसने सभी बच्चों को एक-एक आम दिया। अज्जा ने पैसे देने चाहे तो उसने नहीं लिए। उसने कहा, ''आखिर आप मेरे मास्टरजी थे। क्या मैं आपके नाती-पोतों को सात आम उपहार में नहीं दे सकता? ये आम मेरे बाग के हैं, मैंने खरीदे नहीं हैं।''

बच्चे उसकी आत्मीयता और दरियादिली से बहुत प्रभावित हुए और खुशी-खुशी घर लौट आए।

□

16

हर मौसम के हिस्से में कितने दिन आए?

वह एक असाधारण रूप से गरम दोपहर थी और उस पर वहाँ बिजली भी नहीं आ रही थी। बच्चे अपने माथे से पसीना पोंछते और शिकायत करते हुए घर में बैठे थे।

"बिजली के बिना आप कैसे रह पाते हैं, अज्जा ?" रघु ने पूछा, "मुंबई के हमारे अपार्टमेंट में कभी बिजली जाती भी है तो जेनरेटर अपने आप ऑन हो जाता है। हमें कभी पता ही नहीं चलता कि बिजली कब गई थी।"

अज्जा ने हर तरफ पसीने से नहाए चेहरे देखे और बोले, "ठीक है, मैं तुम्हें एक ऐसी जगह दिखाऊँगा, जो उतनी ही ठंडी है जितना एक एयरकंडीशंड कमरा होता है और वह हमेशा उतना ही ठंडा बना रहता है—वह भी बिना बिजली के। तुम सब लोग एक-एक चटाई लो और मेरे पीछे-पीछे आओ।"

बच्चे कुछ चक्कर में पड़ गए थे। अज्जा ने बगीचे में प्रवेश किया और उसे पार करके एक कोने में खड़े नीम के एक पुराने पेड़ के पास पहुँचे। अज्जा ने उनसे अपनी चटाई बिछाने और उस पर लेट जाने के

लिए कहा। पेड़ के नीचे सचमुच बहुत ठंडा और सुखद महसूस हो रहा था। हर कोई लेटे-लेटे अपने सिर पर पेड़ की शाखाओं और टहनियों से हवा में धीरे-धीरे झूलती पत्तियों को देख रहा था। वहाँ लेटना एक बंद कमरे में लेटने के मुकाबले कितना अधिक आनंददायक था। अज्जा ने भी एक पुरानी आरामकुरसी खोल ली थी और उस पर अधलेटे ऊँघने लगे थे। कुछ समय बाद उन्होंने कहा, "इसीलिए मुझे गरमी का मौसम पसंद है। तुम बच्चे लोगों को कौन सा मौसम पसंद है।"

आनंद ने तुरंत जवाब दिया, "मैं भी गरमी का मौसम पसंद करता हूँ, क्योंकि स्कूल से छुट्टी मिल जाती है और हम आइसक्रीम और आम खा सकते हैं। हम तैरने के लिए भी जा सकते हैं।"

"मैं गरमी का नहीं, बल्कि जाड़े का मौसम पसंद करता हूँ। आप रंग-बिरंगे स्वेटर पहन सकते हैं और तरह-तरह के फल खा सकते हैं। घर में रहना अच्छा लगता है। आप गरमा-गरम सूप और चॉकलेट पी सकते हैं," कृष्णा ने कहा।

मुझे सरदियाँ पसंद नहीं हैं, उन दिनों मेरे कान में दर्द रहता है। मुझे बारिश का मौसम अच्छा लगता है। बारिश में कितना अच्छा लगता है, सभी पेड़-पौधे कितने ताजे और हरे-भरे लगते हैं," मीनू ने कहा।

"और रघु तुम्हें? तुम क्यों चुप हो?" अज्जा ने पूछा।

"मुझे तो सभी पसंद हैं, बशर्ते आप या अज्जी जैसा कोई अपना हमारे साथ हो।"

अज्जा मुसकराए, "हर मौसम का अपना मजा और उपयोगिता है। किसी एक के बिना भी हमारा काम नहीं चल सकता।"

"कैसे?" सभी बच्चों ने एक स्वर में पूछा।

"ठीक है, मैं तुम्हें एक बार जब सभी मौसम एक-दूसरे के लड़ने लगे तब क्या हुआ था, इस बारे में एक कहानी सुनाता हूँ।"

ईश्वर ने अभी-अभी इस पृथ्वी की रचना की थी, उन्होंने एक कदम पीछे हटकर उसे मुग्ध होकर देखा। उन्होंने मनुष्यों, जानवरों, पेड़-पौधों और समुद्रों की रचना की थी और वह रहने के लिए एक अद्‌भुत स्थान लगता था। परंतु किसी चीज की कमी थी। कुछ देर सोचने के बाद उन्होंने छह भाइयों—दिन, रात, गरमी, सरदी, बारिश और पवन को बुलाया। उन्होंने छह भाइयों से नीचे धरती पर जाने और वहाँ के प्राणियों को एक सुखद और समृद्ध जीवन जीने में मदद करने का निर्देश दिया, 'तुम्हें पृथ्वी पर रहनेवाले प्राणियों के लिए आहार उपजाने में उनकी मदद करनी होगी, ताकि वे मजे में रह सकें। मैंने समय को दो भागों में बाँट दिया है—चौबीस घंटे और 365 दिन। तुम्हें समय के इन भागों को आपस में बाँटना होगा, ताकि पृथ्वी के लोगों को वह सब मिल सके जिसकी उन्हें जरूरत है।" सभी छह भाइयों ने यह आज्ञा मानते हुए विनम्रता से सिर झुकाया, परंतु जैसे ही भगवान् वहाँ से जाने के लिए मुड़े, उन्होंने आपस में झगड़ना शुरू कर दिया।

हर कोई पृथ्वी पर बिताने के लिए उपलब्ध समय में से अपने लिए एक बड़ा हिस्सा चाहता था। दिन और रात ने तय किया कि दोनों को चौबीस-चौबीस घंटे का समय मिलेगा। परंतु मौसम आपस में झगड़ते रहे। गरमी का मौसम उनमें सबसे बड़ा था, इसलिए उसने कहा, "सबसे पहले पृथ्वी पर पूरे 365 दिन मैं रहूँगा।"

बारिश ने कहा, "अगर मैं वहाँ नहीं पहुँचा तो धरती का सारा पानी सूख जाएगा, इसलिए अगली बारी मेरी होगी।"

जाड़े ने कहा, "बारिश के बाद पेड़ों पर फल उगाने में मैं उनकी मदद करता हूँ, इसलिए तीसरे साल मैं आऊँगा।"

बेचारा पवन सबसे छोटा था, इसलिए उस पर किसी ने ध्यान न ही दिया, इसलिए आखिरी वर्ष उसे मिला।

तो पृथ्वी पर जीवन शुरू हुआ। चौबीस घंटे का दिन होता था, फिर रात आती थी और वह भी चौबीस घंटे रहती थी। पूरे एक साल तक गरमी का मौसम बना रहता था। शुरुआत में तो गरमी फसल उगाने में मदद करती थी, परंतु जल्द ही वह इतनी उग्र हो जाती थी कि लोगों के लिए कुछ भी करना मुश्किल हो जाता था। सारा पानी सूख जाता था और चारों ओर हाहाकार मच जाता था। लोगों को ग्रीष्म से उन्हें बख्श देने की प्रार्थना करनी पड़ती थी और उसे अपनी अवधि पूरी होने से पहले ही जाना पड़ता था।

फिर बारिश की बारी आती थी। जब वह शुरू होती थी तो साल भर से गरमी झेल रहे लोगों को कितनी राहत महसूस होती थी। परंतु जल्दी ही झीलें, तालाब, नदियाँ और समुद्र सभी लबालब भर जाते थे और अपनी सीमाएँ तोड़ देते थे। अत्यधिक बारिश से सारी फसलें चौपट हो जाती थीं और किसी के लिए भी खाने के लिए कुछ न बचता था। जब लोग बारिश से रुकने की प्रार्थना करते, उसे वहाँ से हटकर जाड़े के लिए राह बनानी पड़ती थी।

राहत की साँस लेकर लोग जाड़े के मौसम का स्वागत करते थे। अब न तो झुलसा देनेवाली गरमी थी और न लगातार बारिश। परंतु जैसे-जैसे दिन गुजरते लगातार ठंड पड़ने से लोग बीमार होने लगते और धूप की कमी से पौधे मुरझाने लगते। लोगों की प्रार्थना पर जाड़े को भी विदा होना पड़ता।

अब पवन की बारी आती थी। पवन के लगातार जबरदस्त थपेड़ों के डर से लोग घर से निकलने से डरने लगते। पेड़ उखड़ जाते, घरों की छतें उड़ जातीं और चारों तरफ अव्यवस्था फैल जाती।

सभी भाइयों ने महसूस किया कि उन्होंने जो कुछ किया था, उससे भगवान् बेहद नाराज हो जाएँगे। इसलिए उन्होंने अपना चाल-चलन

बदलने का फैसला किया। हर मौसम एक साल तक जमा रहे, इसके बजाए उन्होंने एक वर्ष के समय को ही आपस में बाँट लेने का फैसला किया। परंतु फिर वही हुआ। चूँकि पवन सबसे छोटा था, उसे किसी ने नहीं पूछा और उसे कोई समय नहीं दिया गया। वह मुँह फुलाए एक कोने में बैठा रहा।

गरमी के मौसम में लोग अपने खेतों में बीज बोते और बारिश का इंतजार करते। भरपूर पानी लेकर बारिश का मौसम आता, परंतु उसके समान वितरण के लिए जरूरी पवन नहीं था। पृथ्वी के कुछ भागों में अच्छी वर्षा होती और कुछ भागों में बिलकुल भी नहीं। अब सबने महसूस किया कि पवन भी उतना ही महत्त्वपूर्ण था। उन्होंने उसे बुलाया और अंतत: वह अपना काम करने के लिए राजी हो गया। परंतु उसे कोई नियत अवधि नहीं दी गई। उसे पूरे वर्ष ही गतिशील रहने की अनुमति दे दी गई। इस तरह वह गरमियों में अपने शीतल झोंकों से तपिश कम करता था। बारिश के मौसम में वह बादलों को उड़ाकर एक स्थान से दूसरे स्थान पर ले जाता और हर जगह बारिश करवाता। सरदियों में भी उसका बहना जारी रहता और जाड़े को और ठंडा बना देता।

दिन और रात ने भी अपने चारों भाइयों से सीख ली और दिए गए चौबीस घंटों को बराबर बाँट लिया।

अब पृथ्वी का हर प्राणी खुश था। छहों भाइयों ने दिए गए समय को बाँटना सीख लिया था।

अब घर से अज्जी के पुकारने की आवाज आने लगी, "बिजली आ गई है। अब तुम सब लोग घर में आ सकते हो।" परंतु बच्चे बाहर रहकर ठंडी हवा का आनंद लेने में मग्न थे।

□

17

मूर्तियों का द्वीप

एक दिन सुबह के समय बच्चों ने बाहर तेज गूँजती आवाज में किसी को कहते सुना, "तुम्हारे नाती-पोते कहाँ हैं ? मैं उन्हें अपने घर ले जाने के लिए आया हूँ।" बच्चे दौड़कर बाहर गए तो उन्होंने एक बहुत लंबे आदमी को, जिसकी आँखों में चमक थी और दाढ़ी सफेद, अपने दादा-दादी से बात करते देखा। वह एकदम सफेद धोती और शर्ट पहने था और उसके सिर पर काली टोपी थी। उसकी मुसकान इतनी मनोहर थी कि वह बच्चों को उसी क्षण भा गया।

इनकार में सिर हिलाते हुए अज्जी कह रही थीं, "रहमत पीरांभी किसी तरह भी चार बच्चों को सँभाल नहीं पाएगी। तुम उन्हें दिन में ही कहीं घुमा लाओ, तुम उन्हें रात भर के लिए क्यों ले जाना चाहते हो ?"

परंतु रहमत नाम का वह आदमी नहीं माना, "नहीं-नहीं, मैं उन्हें रात में रुकने के लिए ही ले जाऊँगा। मेरा उस्मान बहुत अच्छा रसोइया है और वह सबकुछ सँभाल लेगा। पीरांभी को कोई परेशानी नहीं होगी।"

अज्जी ने बच्चों को प्रश्नवाचक मुद्रा में देखा ओर उन्हें बताने लगीं, "ये रहमत हैं। बहुत समय पहले जब तुम्हारे अज्जा एक स्कूल

टीचर थे। ये तुम्हारे अज्जा के विद्यार्थी थे, अब ये यहाँ से कुछ दूर एक गाँव में रहते हैं। इनका आमों का एक बाग और बड़ा सा घर है। इनके सभी बच्चे विदेशों में रहते हैं। इनके घर में एक बड़ा सा पुस्तकालय और एक ऐसा हिस्सा है, जिसे तुम छोटा सा चिड़ियाघर कह सकते हो, क्योंकि वहाँ पर बकरियाँ, गाएँ, मोर, कबूतर और तोते भी हैं। ये तुम सब को रात भर के लिए अपने घर ले जाना चाहते हैं। मुझे विश्वास है कि तुम्हें वहाँ बहुत मजा आएगा पर क्या तुम जाना चाहोगे।

अज्जा ने जोड़ा, ''और हाँ, ये बहुत अच्छी कहानियाँ भी सुनाते हैं।''

रहमत ने मुसकराकर कहा, ''मास्टरजी, इतना बढ़ा-चढ़ाकर न कहिए। मैंने बच्चों की कहानियों की पुस्तकें तभी पढ़ना शुरू किया था, जब मेरे नाती-पोते पैदा हुए थे। फिर मुझे कुछ कहानियाँ याद आईं, जो आप हमें स्कूल में सुनाया करते थे और उनमें से कुछ मैंने अपनी बात बताकर बच्चों को सुना दी थीं।'' अब वे बच्चों की ओर मुड़े और बोले, ''तो बच्चों तुम क्या सोचते हो, क्या तुम मेरे साथ चलोगे? मैं तुम्हें गाँव का एक अलग तरह का हिस्सा दिखाऊँगा।''

सभी बच्चे सोचने लगे तभी रघु बोला, ''क्या हम अपने दोस्तों को भी साथ ले जा सकते हैं?''

''ओह, तुम्हारा मतलब है विष्णु काका के पोता-पोती? बेशक वे भी आ सकते हैं। जितने ज्यादा बच्चे होंगे, उतना ही मजा आएगा। इतने सारे बच्चों को अपने घर में देखकर पीरांभी बहुत खुश होगी।''

यह खबर सुनाने के लिए रघु शरन के घर की ओर दौड़ा।

वे वृद्ध सज्जन, जिन्हें सब रहमत चाचा के नाम से पुकारते थे, अपने साथ एक जीप लाए थे और जल्द ही सातों बच्चे एक जोड़ी कपड़े और अपने-अपने टूथब्रश के साथ उस पर सवार हो गए। रहमत चाचा का घर करीब तीस किलोमीटर दूर था और रास्ते में एक जंगल से गुजरना

पड़ता था। जंगल से गुजरने वाली सड़क सँकरी और घुमावदार थी। सड़क के दोनों ओर ऊँचे-ऊँचे पेड़ थे। वह एक अँधेरा डरावना सा स्थान था। सुभा ने डरते-डरते चारों तरफ देखा और बोली, "क्या कभी कोई इन पेड़ों को काटकर चौड़ी सड़क बनाएगा?"

रहमत चाचा ने इनकार में सिर हिलाया, "नहीं, गाँव के लोग कभी इसकी इजाजत नहीं देंगे। हम सब पेड़ों से प्यार करते हैं और ध्यान रखते हैं कि कम-से-कम पेड़ काटे जाएँ। जब तक बहुत जरूरी न हो, पेड़ों को कभी काटना नहीं चाहिए। क्या तुम एक ऐसे राज्य की कहानी सुनना चाहते हो, जहाँ के सारे पेड़ काट डाले गए थे,"

बेशक, सभी बच्चे सुनना चाहते थे। रहमत चाचा ने कहानी शुरू की।

एक समय एक बड़ा ही सुंदर, हरा-भरा द्वीप हुआ करता था। उसमें विशाल वृक्षों से युक्त एक जंगल था, वहाँ के झरनों से स्वच्छ नीला जल हमेशा बहता रहता और एक पर्वत श्रृंखला भी थी, जिनमें एक अनोखे पत्थर की खुली खदान भी थी। अपने आकर्षक सफेद रंग के कारण वह पत्थर बहुत कीमती था। उसमें से मूर्तियाँ तराशना भी आसान था।

बहुत वर्षों से उस द्वीप पर एक राजा का शासन था, जो अब बूढ़ा हो गया था। वह अपनी प्रजा का बहुत ध्यान रखता था और इससे भी बढ़कर वह अपने राज्य के प्राकृतिक सौंदर्य से प्यार करता था। अमर नाम का एक मूर्तिकार उसका सबसे गहरा दोस्त था। अमर भी किसी और चीज से ज्यादा अपनी मातृभूमि से प्यार करता था। उसने एक स्कूल भी खोल रखा था, जहाँ पत्थरों से मूर्ति तराशने की कला सीखने के लिए दूर-दूर से विद्यार्थी आते थे। परंतु उसके स्कूल में मूर्तिकला सीखने वाले विद्यार्थियों के लिए अमर की एक विचित्र सी शर्त थी। उसका आग्रह था

कि मूर्तियाँ गढ़ने के लिए पत्थर वे अपने स्रोतों से लाएँ। केवल उनकी अंतिम मूर्ति के लिए उन्हें द्वीप की खदान का पत्थर इस्तेमाल करने की इजाजत थी। इस नियम के कारण कई विद्यार्थी भुनभुनाते थे। आखिर समुद्र के मध्य में स्थित द्वीप में टनों वजनी पत्थर ढोकर लाना कठिन काम था, परंतु अमर इस पर अडिग था।

एक बार राजा ने उससे इस शर्त की वजह पूछी। इस पर बुद्धिमान अमर का कहना था, "यह पत्थर और दरअसल हमारी इस मातृभूमि पर उपलब्ध हर चीज हमें ईश्वर का दिया हुआ वरदान है, जिसे हमें सँजोकर रखना चाहिए। अगर हम इसका उपयोग समझदारी से नहीं करेंगे तो इस खदान में हमारे बच्चों के लिए क्या बचेगा? अगर हम बिना सोचे-समझे इस पत्थर और पेड़ों की लकड़ी का इस्तेमाल करते रहेंगे तो हमारे पास खाली बंजर भूमि के सिवाय क्या बचा रहेगा? इसीलिए मूर्तिकला सीखने हेतु आनेवाले विद्यार्थियों के लिए अपनी आधार सामग्री खुद लेकर आने की शर्त है और शिक्षा समाप्त होने के बाद जब वे अपनी आखिरी कलाकृति बना रहे हों तभी वे इस राज्य के अनोखे पत्थर का उपयोग कर सकते हैं।"

राजा ने मन-ही-मन इस विचार की सराहना की और अमर को अपने तरीके से स्कूल चलाने दिया, परंतु फिर एक दिन आया जब बहुत वृद्ध हो चुके राजा की मृत्यु हो गई और उसका बेटा गद्दी पर बैठ गया। नया राजा राजदीप हर काम अपने पिता से अलग तरीके से करना चाहता था। उसने कई कानूनों को बदलना शुरू कर दिया। एक दिन उसे उस कला विद्यालय की याद आई और वह वहाँ जा पहुँचा। वहाँ उसने विद्यार्थियों को पत्थरों पर मूर्तियाँ तराशते हुए देखा। तभी कुछ मंत्रियों ने उसके कान में अमर के नियम के बारे में बताया, साथ ही यह भी जोड़ा कि बहुत से विद्यार्थी अपनी आधार सामग्री अर्थात् बड़े-बड़े पत्थर लाना नहीं चाहते।

राजदीप ने सोचा, अगर वह इस नियम को समाप्त कर दें तो और भी

बहुत से लोग उस स्कूल में अध्ययन करने के लिए आ जाएँगे। उनसे ली जानेवाले फीस की राशि से द्वीप की समृद्धि बढ़ेगी और इसके साथ ही उनके द्वारा बनाई गई सुंदर कलाकृतियों से द्वीप के शहरों को सुंदर बनाया जाएगा। उसने अमर को शिक्षक का पद छोड़ने का आदेश दिया और स्कूल के संचालन के लिए किसी दूसरे आदमी को नियुक्त कर दिया।

जल्द ही वह द्वीप मूर्तिकला के विद्यार्थियों से भर गया और उन्होंने खदान से धड़ाधड़ पत्थरों का खनन शुरू कर दिया। उन्होंने विशाल मूर्तियाँ बनाईं। वह मूर्तियाँ उन्हें दूर शहरों में बेचने हेतु ले जाने के लिए बड़े वाहनों की जरूरत थी। बड़े वाहन आसानी से आ-जा सकें, इसके लिए चौड़ी सड़क होना जरूरी था। सड़कें और गाड़ियाँ बनाने के लिए पेड़ काट डाले गए। पेड़ों के कटने से मछुआरों के लिए नौकाएँ बननी बंद हो गईं और वे मछली पकड़ने के लिए गहरे समुद्र में जाने की स्थिति में नहीं रहे। उन्होंने द्वीप के पास ही मछलियाँ पकड़ना शुरू कर दिया और वहाँ मछलियाँ कम हो जाने से वे अकसर आपस में ही लड़ने लगे। नए बन रहे भवनों में पहले जैसी मजबूती नहीं रही, क्योंकि लकड़ी और पत्थर दोनों दुर्लभ हो गए थे। किसानों के लिए अच्छे हल बनाना मुश्किल हो गया और इस कारण खेती की उपज में भी कमी आई। बड़े पैमाने पर हुए उत्खनन से इतना ज्यादा प्रदूषण फैला कि पेड़-पौधे मुरझाने लगे, बीमारियाँ फैल गईं और हमेशा मधुर आवाज में ऊँचाई से जल गिरानेवाले झरने शांत हो गए, क्योंकि पानी भी दुर्लभ हो गया था। जलवायु बदल गई, वह पहले से ज्यादा गरम और शुष्क हो गई। जल्द ही वहाँ अकाल की स्थिति आ गई और कभी हरा-भरा रहनेवाला सुंदर द्वीप सूखी झाड़ियोंवाला बंजर प्रदेश बन गया।

अपनी राजधानी और महल में विशाल मूर्तियों की कतार लगा देने की राजदीप की इच्छा पूरी हो गई। कला विद्यालय का प्रत्येक विद्यार्थी

एक सुंदर विशाल मूर्ति बनाता और उसे राजा को उपहार के रूप में दे देता। जल्द ही पूरा राज्य इन मूर्तियों से भर गया। जहाँ कभी घने जंगल और कलकल बहती नदियाँ हुआ करती थीं, वह द्वीप अब एक बंजर प्रदेश बन गया था। जंगल खत्म हो गए थे। नदियाँ गंदे नालों में तब्दील हो गई थीं। जलवायु गरम और धूल उड़ानेवाली हो गई थी, क्योंकि अब वर्षा समय पर नहीं आती थी। वहाँ के लोग द्वीप छोड़कर जाने लगे। घर, स्कूल और महल सब सूने होते जा रहे थे, क्योंकि वहाँ बहुत कम लोग बचे थे। समय बीतने के साथ सभी ने उस द्वीप को बिसरा दिया। बहुत-बहुत वर्षों बाद जब कुछ खोजी यात्री उस द्वीप पर पहुँचे तो उन्होंने देखा कि उस बंजर द्वीप पर हर जगह सैकड़ों मूर्तियाँ बिखरी पड़ी थीं। एक राजा के लालच का शिकार हुआ बेचारा द्वीप!

सभी ने इस कहानी को बहुत पसंद किया। बाकी की यात्रा हर एक सदस्य द्वारा कहानी के सकारात्मक पात्रों की भूमिका अदा करते हुए बीती, जबकि रहमत चाचा कहानी के बुद्धिमान वृद्ध राजा की भूमिका में थे। खुशी से झूमते बच्चे जल्द ही अपने नए दोस्त के घर पहुँच गए। उन्हें बड़े जोरों से भूख लग आई थी।

वह एक विशाल बेतरतीब सी जगह थी। पीरांभी दरवाजे पर खड़ी उन लोगों का इंतजार कर रही थी। उन्होंने उस्मान से लंच के लिए आमरस और खीर बनाने के लिए कहा था। साथ ही पराठे, बिरयानी और कई तरह के लजीज व्यंजन भी थे, जिन्हें तैयार करने में उस्मान को बेहद खुशी हुई थी। लंच के बाद वे पूरे घर में घूमे। लाइब्रेरी में पुस्तकें और उन बहुत से पुरस्कारों को देखा, जो खेती के क्षेत्र में उल्लेखनीय कार्य करने के परिणाम स्वरूप रहमत चाचा को मिले थे।

□

18

मूर्खों का राज्य

"रहमत चाचा आप बहुत ज्ञानी होंगे। आप खेती-बाड़ी, मछली पकड़ने, कहानियों और न जाने कितनी चीजों के बारे में जानते हैं।" मीनू ने उस रात कहा, जब वे सब बाहर बैठकर चारों ओर दमकते जुगनुओं को देख रहे थे।

पर रहमत चाचा ऐसा नहीं मानते थे, "नहीं, ऐसी बात नहीं है। अब भी बहुत सी चीजें हैं, जिनके बारे में मैं नहीं जानता। असल में सीखने का कोई अंत नहीं होता। ज्ञान ही एकमात्र ऐसी चीज है, जिसको लेकर लालची होना अच्छी बात है।"

वह एक सुंदर, स्वच्छ रात थी। काले अप्रदूषित आकाश में चाँद और तारे चमक रहे थे। पीरांभी बहुत खुश थी। उसके अपने नाती-पोते बहुत दूर रहते थे और दो या तीन सालों में एक बार उससे मिलने आते थे। बहुत दिनों बाद घर में हँसी-मजाक और बच्चों की आवाजें सुनाई दे रही थीं। वह इतनी कमजोर थी कि ज्यादा कुछ कर नहीं सकती थी, बस बच्चों के बीच बैठकर उनसे बतिया रही थी।

जल्दी ही बच्चों ने उबासियाँ लेना और आँखें मलना शुरू कर दिया, परंतु जब तक रहमत चाचा उन्हें एक और कहानी न सुना दें, कोई भी सोने नहीं जा रहा था।

एक समय एक बहुत चतुर राजा रहा करता था। वह हर उस व्यक्ति को हिकारत से देखता था जो उसकी नजर में मंदबुद्धि था। वह इस हकीकत पर भी बहुत गर्व करता था कि उसके राज्य में कोई भी व्यक्ति मूर्ख नहीं था।

राजधानी से काफी दूर एक वृद्ध शिक्षक रहता था। उसने बहुत पहले एक युवा राजकुमार को पढ़ाया था, जो कभी एक मधुर स्वभाव वाला लड़का हुआ करता था, परंतु जो बाद में एक घमंडी और कड़वा बोलने वाला राजा बन गया था। कई लोगों ने उसे राजा के घमंडी स्वभाव के बारे में बताया था, इसलिए शिक्षक ने अपने पुराने शिष्य को एक ऐसा सबक सिखाने का फैसला किया, जिसे वह कभी भूल न सके। उसने अपने सबसे अच्छे और सबसे चतुर विद्यार्थियों हरीश, महेश और उमेश को बुलाया और उनसे बोला, "हमें उस घमंडी राजा को एक या दो पायदान नीचे लाना होगा। मैं चाहता हूँ कि तुम तीनों उसे ऐसा सबक सिखाओ कि उसे समझ आ जाए कि इतना घमंडी होना उसकी मूर्खता है।"

वे तीनों विद्यार्थी राजधानी की ओर चल पड़े। हरीश शहर के बाजार जा पहुँचा। वहाँ उसे एक आदमी मिला, जो पान बेच रहा था।

"पान के इन पत्तों का दाम क्या है?" उसने पूछा।

"दो सौ पत्तों के दस रुपए।" दुकानदार ने जवाब दिया।

"ये रहे दस रुपए। मुझे केवल पच्चीस पत्ते दे दो। मेरा नौकर

आकर बाकी के एक सौ पचहत्तर पत्ते ले जाएगा।''

पानवाला राजी हो गया और उसने हरीश को पच्चीस पत्ते दे दिए।

अब हरीश टहलते-टहलते एक और दुकान में घुस गया जहाँ सुंदर-सुंदर शॉल बेचे जा रहे थे।

''यह शॉल कितने की है?'' उसने दुकान में रखी सर्वोत्तम शॉल की ओर इशारा करते हुए पूछा।

''दो सौ रुपए।'' दुकानदार ने जवाब दिया।

''ये रहे पच्चीस रुपए। बाकी के एक सौ पचहत्तर रुपए आप उस पान की दुकान से ले सकते हैं।'' दुकानदार को एक परची पकड़ाते हुए हरीश ने कहा।

उस परची में लिखा था, 'कृपया यह परची लानेवाले व्यक्ति को बाकी के एक सौ पचहत्तर दे दीजिए।' परची की सच्चाई का पता लगाने के लिए शॉल की दुकान के मालिक ने अपने नौकर को परची के साथ पान की दुकान पर भेज दिया। पानवाले ने परची पढ़ने के बाद कहा, ''हाँ यह सच है। मुझे उन्हें एक सौ पचहत्तर और देने हैं। आधे घंटे बाद आ जाना तब तक मैं उन्हें गिनकर तैयार रखूँगा।''

नौकर वापस आकर अपने मालिक के कान में फुसफुसाया, ''इनकी बात सच है। पानवाला उन्हें बाकी के एक सौ पचहत्तर दे देगा।''

हरीश शॉल लेकर चला गया। आधे घंटे बाद जब वह नौकर रुपए लेने गया तो उसने देखा कि पानवाला पान के पत्ते गिन रहा था। एक सौ तिहत्तर, एक सौ चौहत्तर, एक सौ पचहत्तर⋯।

''ये लो बाकी के एक सौ पचहत्तर पत्ते।''

नौकर ने रुपयों की जगह पान के पत्तों का बंडल देखा तो वह चकित रह गया। वह अपने मालिक को बुला लाया और दोनों दुकानदार

आपस में झगड़ने लगे। धीरे-धीरे दोनों को समझ आया कि किसी ने उन्हें मूर्ख बना दिया है। शिकायत करने के लिए वे राजदरबार की ओर दौड़े।

राजा को यह सुनकर आश्चर्य हुआ कि कैसे एक अजनबी ने उसके राज्य के होशियार दुकानदारों को ठग लिया था। उसने उस ठग का पता लगाने का निश्चय किया।

अगले दिन महेश ने शाही बढ़ई की दुकान में प्रवेश किया। वह दोपहर और शाम के बीच का समय था और बढ़ई दुकान में भीतर कुछ अजीब से दिखनेवाले औजारों की मरम्मत कर रहा था। महेश संभ्रांत वेशभूषा में था, इसलिए बढ़ई ने सोचा कि वह अमीर होगा। उसने बड़े उत्साह से लकड़ी से बनी अपनी विभिन्न कृतियों को दिखाना शुरू कर दिया। उसने लकड़ी से बना एक बड़ा सा ताला उठाया और बोला, ''इसे देख रहे हैं ? क्या आप विश्वास कर सकते हैं कि इससे आप एक आदमी पर भी ताला जड़ सकते हैं ! बस किसी तरह उस आदमी की गरदन को खंबे और ताले के बीच ले आइए और चाबी घुमा दीजिए। वह आदमी कैद हो जाएगा।''

महेश ने शंका प्रकट करने का नाटक किया, ''आप भी क्या बात करते हैं ? इतना साधारण सा लकड़ी का ताला कैसे यह काम कर सकता है ? मैं आपकी बात पर भरोसा नहीं करता।''

बढ़ई बहुत उत्तेजित हो गया, ''मगर यह सच है श्रीमान। आखिर मैं राजा साहब का बढ़ई हूँ। मैं राज्य के लिए कई तरह के जटिल उपकरण बनाता हूँ। इधर आइए, मैं आपको दिखाता हूँ।'' यह कहते हुए उसने एक खंभे के पास जाकर ताले के ऊपरी छल्ले को खंबे और अपनी गरदन में पिरो लिया और उसे बंद करके ताले में चाबी डालकर उसे घुमा दिया।

"अब देखो? मैं अपनी गरदन तक नहीं घुमा सकता। अब तो आपको विश्वास हुआ? अब मुझे आजाद करने के लिए बस चाबी उलटी दिशा में घुमा दीजिए।"

परंतु महेश ने ऐसा कुछ नहीं किया, बस वहीं खड़ा-खड़ा हँसता रहा। उसने चुपचाप बढ़ई के हाथ से चाबी ली और दुकान से बाहर चला गया। बढ़ई जाते हुए महेश पर चिल्लाने के सिवाय कुछ न कर सका।

"अरे, दुष्ट! वापस आ जा। मुझे मुक्त कर दे!" परंतु उसकी चीख-पुकार व्यर्थ थी। महेश ने उसे मूर्ख बना दिया था।

शाम को राजा को इस दूसरे अजनबी के बारे में पता चला, जिसने उसके चतुर बढ़ई को मूर्ख बना दिया था। अब उसे चिंता होने लगी। कौन थे ये लोग, जो उसके राज्य के होशियार लोगों को मूर्ख साबित कर रहे थे? उसने उन्हें पकड़ने के प्रयास में वेश बदलकर नगर में घूमने का फैसला किया।

घूमते-घूमते जब वह नगर के द्वार पर पहुँचा तो उसने आमों के एक ढेर के साथ एक आदमी को खड़े देखा, जो ग्राहकों का इंतजार कर रहा था। फल विक्रेता ने सबसे सुनसान जगह चुनी थी, इसलिए राजा को उस पर शक हुआ।

"तुम अपने फल यहाँ क्यों बेच रहे हो?" उसने पूछा।

फल विक्रेता कोई और नहीं उमेश था। उसने एक डरे हुए वर्यावत्त के अंदाज में इधर-उधर देखने का नाटक किया और फुसफुसाकर जवाब दिया, "महोदय, मैंने सुना है कि कुछ चालाक ठग हमारे राज्य में घूम रहे हैं, जो हमें और हमारे चतुर राजा को ठगना चाहते हैं। मैंने यह भी सुना है कि एक ठग इसी रास्ते से गुजरेगा। इसलिए इस उम्मीद में कि उसे पकड़कर राजा के हवाले कर सकूँ। मैं यहाँ इंतजार कर रहा हूँ।"

राजा को आश्चर्य हुआ कि यह व्यक्ति चालाक ठगों के गिरोह के बारे में सब कुछ जानता है।

"क्या तुमने उसे पहले कभी देखा है?"

"हाँ जनाब, मैं उस गिरोह को जानता हूँ। आज जो शख्स आनेवाला है, वह उनका मुखिया है।"

"वह देखने में कैसा लगता है?"

"वह लंबा, तगड़ा और बहुत निर्दयी है।"

"क्या कोई ऐसा उपाय है कि मैं भी उसे देख सकूँ?" राजा ने उत्साहित होकर पूछा।

"जनाब, सबसे अच्छा तरीका है, आप कहीं छिप जाएँ। जैसे ही वह आता दिखाई देगा, मैं सीटी बजाऊँगा और तब आप उसे देख सकेंगे।"

अब उस जगह पर न तो कोई पेड़ था और न कोई टीला, जिसके पीछे राजा छिप सके। तब उस फल विक्रेता ने राजा को एक बोरी दिखाई, "जनाब, आप इसमें छिप जाइए," उसने सुझाव दिया। "मैं आपको अपने साथ ही रखूँगा। कोई भी यही समझेगा कि यह आमों से भरी बोरी है।"

राजा सहमत हो गया और बोरी में घुस गया। फुरती दिखाते हुए उमेश ने उस बोरी का मुँह बाँध दिया और हँसते हुए चला गया। जल्द ही राजा समझ गया कि उसे मूर्ख बना दिया गया है, परंतु वह बोरी में बंद था और कुछ नहीं कर सकता था। कई घंटे बाद जब उसके सैनिक उसे ढूँढ़ते हुए आए तो बोरी में कश्मकश करके और कुछ ध्वनि निकालकर वह उनका ध्यान आकर्षित करने में सफल रहा।

जब उन्होंने उसे बोरी से आजाद किया तो वह बेहद शर्म महसूस कर रहा था। अब वह समझ गया था कि वह और उसके राज्य के लोग

उतने चतुर नहीं थे, जितनी वह डींग हाँका करता था। उसने अपनी गलती महसूस की।

राजा का पुराना शिक्षक दरबार में आया और उसने बताया कि उसके तीन शिष्यों ने कैसे सबको मूर्ख बनाया था। हरीश, महेश और उमेश ने अपने कृत्यों के लिए माफी माँगी और राजा ने अपना राज्य बुद्धिमानी और विनम्रता से चलाने का वादा किया।

□

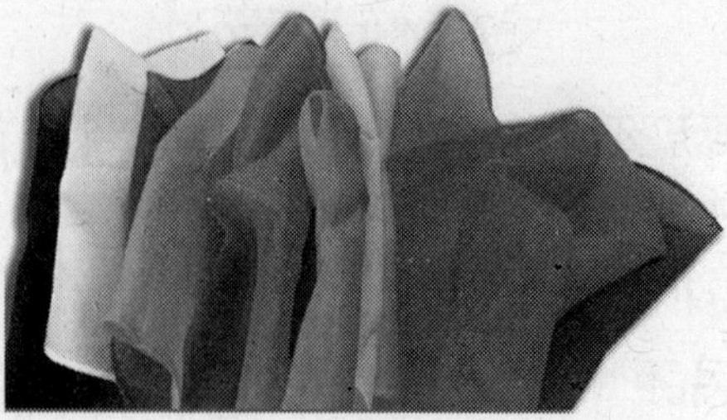

19

रेशम की कहानी

अभी बच्चे रहमत चाचा के घर जाने की खुशी को पचा भी न पाए थे कि अज्जी ने उनके सामने एक और अप्रत्याशित अवसर पेश कर दिया। गाँव में एक विवाह समारोह होने वाला था। इससे पहले भी गाँव की कुछ शादियों में शामिल होने के कारण बच्चों को पता था कि वहाँ कितना मजा आएगा। यहाँ वह शहरोंवाला चलन नहीं था कि आप शादी के कार्ड में दिए गए समय पर पहुँचे, खा-पीकर अपने उपहार दिए और लौट आए। गाँव में सभी को आमंत्रित किया जाता था, चाहे आपका नाम कार्ड पर हो या न हो और आपसे केवल यही अपेक्षा नहीं की जाती थी कि आप जितनी जल्दी संभव हो आएँगे बल्कि यह भी कि आप मेजबान के काम में हाथ भी बँटाएँगे!

इसीलिए रेलवे स्टेशन से मेहमानों को लाने के लिए दामू को तेजी से जीप चलाते हुए देखा गया था। रहमत चाचा को अपने खेत से ताजी सब्जियाँ लाने का काम सौंपा गया था। अज्जी महिलाओं के एक समूह को रसोईघर में ले जा रही थीं और उन्हें बता रही थीं कि क्या-क्या और कितना पकाया जाएगा। अज्जा साफ-सफाई का काम देख रहे थे और

उन्होंने फिनाइल की बोतल तथा अन्य चीजों का स्टॉक जमा कर लिया था और विष्णु काका ने अपना सबसे बढ़िया बेदाग चमचमाता धोती-कुरता पहन रखा था और वे मेहमानों का ध्यान रख रहे थे।

अज्जी ने बच्चों से सबसे अच्छी पोशाकें पहनकर समारोह स्थल पर आने के लिए कहा था। अपने रूप और कपड़ों के प्रति हमेशा सजग रहनेवाली कृष्णा ने अपनी प्यारी रेशमी नीली फ्रॉक पहनी थी। अज्जी ने उसे देखा और बोली, ''कृष्णा अपना ध्यान रखना। वहाँ बहुत सारे लोग और खाने के लिए बहुत सारे व्यंजन होंगे। ध्यान रखना कि तुम्हारे कपड़े खराब न हों।''

कृष्णा ने सचेत रहने का वादा किया। अज्जी रसोईघर में जाकर नजरों से ओझल हो गईं, जहाँ कोई सब्जी काट रहा था, कोई चूल्हे पर रखे पतीले के व्यंजन को हिला रहा था और कोई दाल पका रहा था। बाहर मेहमानों का ताँता लगा हुआ था और विष्णु काका इस बात का ध्यान रख रहे थे कि सभी को नाश्ता परोस दिया जाए। हाथ में फिनाइल की बोतल लिये अज्जा तेजी से कहीं जा रहे थे। रहमत चाचा फूलों से की जा रही साज-सज्जा का काम देख रहे थे, जबकि पीरांभी चाची ने फूलों को गूँथकर मालाओं का ढेर लगा दिया था। बच्चे हर जगह उछलकूद कर रहे थे। लाउडस्पीकर्स पर फिल्मी गाने बज रहे थे और हर जगह एक खुशगवार अफरातफरी थी।

विवाह की रस्में पूरी होने के बाद लंच के समय बादामयुक्त दूध के साथ मीठे चीले खाते हुए कोई बच्चा कृष्णा से टकरा गया और उसकी पोशाक पर दूध का एक बड़ा थक्का गिर गया। अपनी प्यारी फ्रॉक की यह दशा देखकर कृष्णा रोने लगी। अज्जी ने उसे दिलासा दिया, ''रोओ मत। रेशमी कपड़े को धोकर नए जैसा बनाया जा सकता है। यही तो उसकी खासियत है।''

आँसुओं के निशानों से युक्त उसका चेहरा देखकर उन्होंने कहा, "आज जब हम घर जाएँगे, मैं तुम्हें रेशम की कहानी सुनाऊँगी कि वह पहली बार कैसे बनाया गया था।" यह सुनकर कृष्णा खुश हो गई।

यद्यपि उस रात अज्जी थकी हुई थीं, फिर भी उन्होंने बच्चों को रेशम की कहानी सुनाई।

क्या तुम जानते हो कि रेशम का चलन सबसे पहले चीन में हुआ था। बहुत समय पहले चीन के एक छोटे से गाँव में एक बुनकर परिवार की एक गरीब लड़की रहती थी। एक दिन वहाँ का सम्राट् उस गाँव से गुजर रहा था और उसने खेत में काम कर रही उस लड़की को देखा। सम्राट् का ध्यान उसके लाल गाल, गुलाब की पंखुड़ियों जैसे मुँह, उसकी गौरवपूर्ण चालढाल और उसके खुरदरे हाथों की ओर गया। जिनसे पता चलता था कि वह पूरे साल कड़ी मेहनत करती है। उसे तुरंत उस लड़की से प्यार हो गया और यद्यपि वह उम्र में उससे बहुत बड़ा था, राजा ने उससे विवाह करने का फैसला किया।

लड़की ने देश के शासक से विवाह किया और उसकी प्रिय रानी के रूप में उसके महल में रहने के लिए चली गई, परंतु वह खुश नहीं थी। वह गाँव के खुले वातावरण में बड़ी हुई थी और अब उसे महल तक ही सीमित कर दिया गया था। उसे एक पल भी आराम किए बिना भोर से लेकर रात तक काम करने की आदत थी और यहाँ उसकी हर जरूरत का ध्यान रखने के लिए नौकरों की फौज थी और उसे समझ न आता था कि वह समय कैसे बिताए। गाँव में वह परिवार और मित्रों से घिरी रहती थी और वे काम करते-करते एक-दूसरे को खबरें सुनाते या गपशप करते रहते थे, परंतु महल में हमेशा शांति रहती और जरूरी न होने पर कोई बात नहीं करता था। सम्राट् ने अपनी नई पत्नी को उदास देखा तो उसे

खुश करने का भरसक प्रयास किया। उसने उसके लिए बढ़िया कपड़े, गहने और कलात्मक वस्तुएँ खरीदीं, शानदार पार्टियाँ आयोजित कीं और उसके मनोरंजन के लिए देश के सर्वोत्तम संगीतकारों को बुलाया, फिर भी उसकी उदासी दूर नहीं हुई।

एक दोपहर को महारानी अपने बगीचे में शहतूत की झाड़ियों के नीचे बैठी अपने गाँव की यादों में खोई हुई थी। एक कप हाथ में लिये वह धीरे-धीरे किसी गरम पेय की चुस्कियाँ ले रही थी। ऊपर नीले आकाश की ओर देखने पर लड़की को अपने गाँव के ऊपर उड़ते पक्षियों की याद आई। फिर एक ठंडी साँस लेते हुए एक और चुस्की लेने के लिए उसने कप उठाया। परंतु यह क्या? शहतूत के पेड़ से एक झीना सा छत्ता (ककून) उसके गरम पेय में गिर गया था। पहले तो उसके मन में वह पेय और छत्ता, दोनों को फेंक देने का विचार आया, परंतु जब उसने ध्यान से देखा तो उसे उस छत्ते में से कुछ धागे लटकते दिखे। ये धागे कहाँ से आए थे? उसने उन धागों को खींचा। वे बहुत पतले, मजबूत और चमकदार थे। वह खींचती रही और एक लंबा धागा निकल आया। अब महारानी के मन में एक अनोखा विचार आया। वह इस तरह के बहुत से छत्तों से धागा निकालेगी और उनसे एक नरम मजबूत कपड़ा बुनेगी।

उसने अपने नौकरों को बुलाया और वे सभी इस काम में जुट गए। उन्होंने शहतूत की झाड़ियों से छत्ते निकाले। उन्हें गरम पानी में डाला और उनमें से धागे निकालने लगे। उन्होंने पर्याप्त धागा इकट्ठा कर लिया, फिर महारानी ने एक खास किस्म का करघा लाने का आदेश दिया और इस नए धागे से पहली बार कपड़ा बुना। इस तरह कपड़े का सर्वोत्तम और सबसे चमकदार स्वरूप रेशम बुना गया।

रेशम का उत्पादन पूरे चीन में फैल गया। वह एक ऐसा कपड़ा था,

जिसे केवल शाही घराने के लोग पहन सकते थे और रोम जैसे दूरस्थ शहरों में भी उसकी अच्छी-खासी माँग थी। एशिया के रास्ते चीन और यूरोप के बीच होनेवाले रेशम के व्यापार मार्ग को रेशम मार्ग या सिल्क रूट कहा गया।

जब चीनवासियों ने रेशमी कपड़ा बनाना सीख लिया, वे इस ज्ञान को दुनिया में किसी के साथ बाँटना नहीं चाहते थे। चीन के शाही घरानों के सदस्यों को कई पीढ़ियों तक यह शपथ दिलाई जाती रही कि वे इसका राज किसी को नहीं बताएँगे। जब वहाँ की राजकुमारियाँ विवाह के बाद दूर देशों में बस गईं तो उन्हें अपने नए घर में किसी को यह बताने की इजाजत नहीं थी कि रेशम कैसे बनाया जाता है।

बहुत-बहुत वर्षों बाद जब एक चतुर राजकुमारी विवाह के बाद अपने मायके से विदा हो रही थी, रिवाज के अनुसार यह जानने के लिए कि वह कोई ऐसी चीजें तो नहीं ले जा रही थी, जो रेशम के उत्पादन में उसके काम आए, उसके थैलों की सावधानी से जाँच की गई। यह राजकुमारी बहुत छोटी उम्र से ही रेशमी कपड़ा बुनती आ रही थी और बाद में कहीं और जाने पर भी यह काम जारी रखना चाहती थी। उसने सावधानी से बनाए गए अपने जूड़े में कुछ ककून छिपा लिये थे। उसके जूड़े की ओर किसी का भी ध्यान नहीं गया। जब वह अपने पति के घर पहुँची उसने अपने बालों से इन ककूनों को बाहर निकाला और उनमें से रेशमी धागा इकट्ठा करने लगी। किंवदंती के अनुसार इस तरह से रेशम बनाने का ज्ञान चीन से बाहर गया।

□

20

जब यमराज का बुलावा आया

एक दिन अज्जी अपनी एक फटी हुई पुरानी साड़ी की सिलाई कर रही थीं। बच्चे वहाँ आकर उनके आसपास बैठ गए। छुट्टियाँ खत्म होने को थीं और वे एक मिनट भी उनसे दूर रहना नहीं चाहते थे। मीनू और कृष्णा ने प्यार से अपनी बाँहें अज्जी के गले में डाल दीं और पूछा, "अज्जी, आपके हाथ पर इतनी झुर्रियाँ क्यों हैं?"

"क्योंकि मैं बूढ़ी हूँ।" अज्जी ने कहा।

"बूढ़े लोगों के बदन पर झुर्रियाँ क्यों होती हैं?" मीनू ने पूछा।

अज्जी ने अपना चश्मा, जिसे वे केवल सिलाई करते या पढ़ते समय ही पहनती थीं, उतारा और बोलीं, "एक समय मैं भी तुम्हारी तरह एक छोटी सी लड़की थी। मेरी त्वचा मुलायम और चमकदार थी। मेरे बाल लंबे और काले थे। मेरी दृष्टि बहुत तीक्ष्ण और याददाश्त बहुत अच्छी थी। परंतु, जैसे-जैसे मैं बड़ी होती गई, धीरे-धीरे सबकुछ बदलता गया।"

"क्या इसी तरह एक दिन हम सब भी बूढ़े नहीं हो जाएँगे?" दिव्या ने पूछा।

"हाँ, दुनिया के सभी प्राणी बूढ़े होते हैं। यह जीवन का एक हिस्सा है। आओ, मैं तुम्हें बुढ़ापे के बारे में एक कहानी सुनाती हूँ।"

बहुत साल पहले एक छोटे से शहर में अरुण नाम का एक आदमी रहता था। वह एक व्यापारी था और बहुत धनवान न होते हुए भी काफी आरामदायक जीवन बिता रहा था। भाइयो, बहनो, पत्नी और बच्चों के साथ उसका एक भरा-पूरा परिवार था। वह उन सब की देखभाल अच्छी तरह से करता था और जिस तरह से भी संभव हो, शहर के गरीब लोगों की भी मदद करता था। उसने यात्रियों के लिए विश्राम-गृह भी बनवाए थे और इन्हीं में भोजनालय भी होते थे, जहाँ कोई भी कम कीमत में अच्छा पौष्टिक भोजन खा सकता था।

एक दिन अपना काम खत्म करके घर लौटते हुए संयोगवश वह एक ऐसे ही विश्राम-गृह से गुजरा। उसमें एक बड़ा बरामदा बना हुआ था, जहाँ लोग आराम करते थे। वहाँ एक अजनबी बैठा था, जो थका हुआ और भूखा लग रहा था। वह एक लंबा आदमी था। उसके कपड़े सफर में मैले हो गए थे, जिनसे पता चलता था कि वह बहुत दूर से आया था। उसके साथ उसका घोड़ा था, जो अपने मालिक की तरह ही थका हुआ और भूखा लग रहा था।

उनको देखकर अरुण का दयालु हृदय पिघल गया और उस आदमी से बात करने के लिए वह उसके पास गया।

"आप कहाँ से आए हैं, मेरे भाई?" उसने पूछा, "क्यों न आप भीतर जाकर गर्मागर्म खाना खाएँ और फिर थोड़ा आराम कर लें।"

उस आदमी ने नजरें उठाईं, थोड़ा मुसकराया और बोला, "यह विश्राम-घर बहुत लोकप्रिय है। यहाँ मेरे लिए जगह नहीं है और भोजनालय भी पूरा भरा हुआ है। मैं थोड़ी देर इंतजार करूँगा, फिर अपने रास्ते चला जाऊँगा। मुझे विश्वास है कि इसी सड़क पर आगे चलकर मुझे कोई होटल मिल जाएगा, जहाँ मैं खाना खा सकूँगा।"

अरुण उसकी यह बात मानने को तैयार न था। यह विचार कि कोई व्यक्ति बिना कुछ खाए और आराम किए उसके विश्राम-गृह से जा रहा था, उसके लिए असहनीय था। उसने उस आदमी से अपने घर चलने का आग्रह किया। वहाँ उसने उसे अपने परिवार के साथ भोजन करने के लिए आमंत्रित किया। उसे बड़ी आत्मीयता से भोजन कराया गया और उसने भी भरपेट खाया।

जब वह आगंतुक खाना खा रहा था, उसका ध्यान उस ओर गया कि अरुण कभी-कभी अपने विचारों में कहीं खो जाता था। ऐसा लगता था मानो उसके मन में कुछ चल रहा हो और वह किसी बात से चिंतित हो। भोजन समाप्त करके हाथ धोने के बाद वे कुछ देर बैठे, फिर वह यात्री उनसे विदा लेने के लिए उठ खड़ा हुआ। उसने अरुण की सहृदयता के लिए उसे धन्यवाद दिया, फिर बोला, "अगर आपको मेरे पूछने पर एतराज न हो श्रीमान, तो मैं कहूँगा कि मैं इस पर ध्यान दिए बिना रह न सका कि आप कुछ चिंतित लग रहे थे। मैं जानता हूँ कि मैं आपके लिए अजनबी हूँ, परंतु अगर आप अपनी चिंताओं को मेरे साथ बाँटें तो उससे शायद आपका बोझ हलका होने में कुछ मदद मिले।" जवाब में अरुण केवल मुसकराया और उसने इनकार में सिर हिला दिया। वह एक अजनबी के साथ अपने विचारों को बाँटना नहीं चाहता था। तब उस आदमी ने कहा, "अगर मैं आपको बता दूँ कि मैं असल में कौन हूँ तो

शायद आप अपना राज मुझे बताना चाहें।''

और देखते-ही-देखते वह आदमी बदल गया। अब वह एक थका-माँदा यात्री नहीं बल्कि झिलमिलाते कपड़ों में दमकते, सिर पर मुकुट धारण किए एक देवता थे। उसके घोड़े ने एक भैंसे का रूप धारण कर लिया था और अब उन्होंने अपना परिचय दिया, ''मैं यमराज हूँ। मृत्यु का देवता। क्या अब तुम मुझे बताओगे कि तुम्हें क्या परेशानी है?''

यह देखकर अरुण लगभग अपना होश खो बैठा। मृत्यु के देवता ने अभी-अभी उसके साथ खाना खाया था, ''अ...आप यहाँ धरती पर क्या कर रहे हैं, भगवन्?'' वह हकलाया।

यमराज मुसकराए और बोले, ''ओह, कभी-कभी यहाँ आकर देखना कि कौन क्या कर रहा है, मुझे अच्छा लगता है। तो तुम बताओ, तुम्हारी परेशानी क्या है?''

अरुण ने जवाब दिया, ''देखिए, मैं अपना व्यवसाय बढ़ाना चाहता हूँ, परंतु आज मेरी तबियत ठीक नहीं थी और मैं सोच रहा था कि अगर मुझे कुछ हो गया तो मेरे इतने बड़े परिवार की देखभाल कौन करेगा?''

यमराज गंभीर हो गए, ''चिंता मत करो, मेरे बच्चे,'' उन्होंने दिलासा दी, ''मैंने देखा है कि तुम कितने मेहनती और दयालु आदमी हो। तुमने मुझे केवल एक थका-माँदा यात्री समझकर अपने घर बुलाया और अपने साथ बिठाकर भोजन कराया। मैं एक काम कर सकता हूँ। जब तुम्हारा यह धरती छोड़ने और मेरे साथ आने का समय आएगा, जैसा एक दिन सभी प्राणियों का आता है, मैं अचानक नहीं आऊँगा। मैं तुम्हें कई दिन पहले ही बता दूँगा, ताकि तुम उस समय के लिए अपने आपको

तैयार कर सको और अपने कामकाज को व्यवस्थित कर सको, जब तुम्हें मेरे साथ जाना होगा।''

यह सुनकर अरुण ने कृतज्ञता में सिर झुकाया और यमराज अंतर्धान हो गए। बहुत साल बीत गए। अरुण बूढ़ा हो गया था। उसका व्यवसाय कई गुना बढ़ गया था, उसके बच्चे, भाई और बहनें सभी जीवन में अच्छी तरह स्थापित हो चुके थे। अब उसके पास बहुत कम चिंताएँ रह गई थीं।

एक रात उसने एक सपना देखा। उसने यमराज को अपने सामने खड़े देखा। उसकी ओर अपना हाथ बढ़ाकर वे कह रहे थे, ''आओ अब तुम्हारा मेरे साथ चलने का समय आ गया है।''

अरुण बेहद डर गया, ''परंतु यम देवता, आपने मुझसे वादा किया था कि आप मेरे मरने से कई दिन पहले ही बता देंगे। मैं तुरंत आपके साथ कैसे आ सकता हूँ।''

यमराज के होंठों पर हलकी सी मुसकान तैर गई।

''परंतु मेरे बच्चे, मैंने तुम्हें आगाह कर दिया था। मैंने तुम्हारे बाल सफेद कर दिए थे। उम्र के साथ मैंने तुम्हारे कंधे झुका दिए थे, एक के बाद एक तुम्हारे सारे दाँत गिरा दिए थे। ये सभी चीजें इस बात की सूचक थीं कि धरती पर अब तुम्हारा समय समाप्त हो रहा है।''

''परंतु यह तो हर एक पुरुष और स्त्री के साथ होता है। ये सब चीजें केवल मेरे लिए ही चेतावनी कैसे हो सकती हैं?''

यमराज इस पर सहमत थे, ''हाँ, यह सच है कि यह सभी के साथ होता है और जब ये घटनाएँ होने लगें, तभी से पुरुषों और स्त्रियों को मुझसे मिलने की तैयारी शुरू कर देनी चाहिए। एक दिन जीवन का अंत होना अनिवार्य है। इससे बचा नहीं जा सकता।''

अरुण अब समझ गया था। उसने अपने जीवन को मुड़कर देखा और समझ गया कि चाहे अनजाने में ही सही, वह इस क्षण के लिए तैयारी कर रहा था। उसके बच्चे उसका व्यवसाय चला रहे थे, उसके सभी काम पूरे हो चुके थे। अब उसे अपने पुराने मित्र यमराज के साथ जाने से कोई चीज रोक नहीं रही थी।

वह यमराज के पीछे खड़े भैंसे पर चढ़ गया।

''चलिए।'' उसने कहा और यमराज उसे लेकर चले गए।

□

21

एक अंतहीन कहानी

आज अज्जा, अज्जी और विष्णु काका सभी उदास थे। बच्चों की छुट्टियाँ लगभग खत्म हो चुकी थीं और वह समय नजदीक आ गया था, जब वे अपने-अपने घर वापस चले जाएँगे। तीन हफ्तों तक दोनों घर उनके हँसने, खेलने और लड़ने की आवाजों से गूँजते रहे थे। अगली छुट्टियों में उनके फिर आने तक यहाँ एक बार फिर सबकुछ सूना हो जाएगा। बच्चे भी उदास थे और वे एक-दूसरे से सटकर अपने दादा-दादी, नाना-नानी के पास इकट्ठे हो गए थे। उम्र में सबसे बड़े रघु ने कहा, "इन छुट्टियों में हमें जितना मजा आया, उतना पहले कभी नहीं आया था। यहाँ तक कि जब हम डिज्नीलैंड गए थे, उससे भी ज्यादा और ऐसा केवल कहानियों के कारण हुआ।"

अज्जा ने कहा, "एक शिक्षक के रूप में मैंने हमेशा यही पाया है कि जब-जब मैंने कहानियों के माध्यम से कोई पाठ पढ़ाया, विद्यार्थी उसे पूरे मन से सीखते थे।"

आनंद ने कहा, "मुझे इतिहास की पुस्तकें पढ़ना सचमुच उबाऊ लगता है। परंतु यदि आप इतिहास से ली गई कहानियाँ सुनाएँ तो मुझे

विश्वास है कि हमें सबकुछ याद रहेगा।''

अब उम्मीद से दमकती सबकी नजर अज्जी पर थी।

''आज इस आखिरी दिन भी आप हमें केवल एक ही कहानी कैसे सुना सकती हैं, अज्जी। हम ज्यादा कहानियाँ सुनना चाहते हैं।'' उन्होंने एक स्वर में माँग की।

परंतु अज्जी ने इनकार में सिर हिलाया, ''अगर तुम केवल अचार और लड्डू ही खाओ तो क्या तुम स्वस्थ रह सकोगे? कहानियाँ भी वैसी ही हैं। तुम अपना सारा समय कहानियाँ सुनकर नहीं बिता सकते हो। तब तुम उनसे भी ऊब जाओगे। जैसे एक राजा को वह अंतहीन कहानी सुननी पड़ी।''

''मैं एक कहानी सुनना चाहता हूँ। और यह एक आदेश है!'' मायानगर का राजा प्रताप सिंह चिल्लाया। प्रताप की उम्र केवल पंद्रह वर्ष थी और दिल से अब भी वह एक लड़का ही था। उसे राजा बनना पसंद नहीं था, क्योंकि उससे कानून व्यवस्था बनाए रखने, लोगों की समस्याएँ सुनने और इसी तरह के कई नीरस काम करने की अपेक्षा की जाती थी। एक शासक बनने में केवल एक ही बात उसे पसंद थी कि हर किसी को उसका हुक्म मानना पड़ता था उसे आदेश देना और हर तरह की माँग पेश करना कितना अच्छा लगता था। और उसे सबसे ज्यादा पसंद था कहानियाँ सुनना। वह हर रोज कम-से-कम दस कहानियाँ सुनने का आग्रह करता। उसके राज्य के सभी किस्सागो उसके दरबार में हाजिर हो गए थे। उन्होंने उसे हँसानेवाली कहानियाँ, डरावनी कहानियाँ, जादू-टोने की कहानियाँ और जो विषय उनके मन में आ जाएँ, उस पर कहानियाँ सुनाईं। राजा प्रताप ने सभी कहानियाँ बड़े ध्यान से सुनी थीं।

उसे कहानियों और कहानियाँ सुनानेवालों से इतना प्यार था कि

जब भी वह कोई अच्छी कहानी सुनता, सुनानेवाले व्यक्ति पर सोने, चाँदी और हर तरह के कीमती उपहारों की वर्षा कर देता। उसके मंत्री आहें भरते, असहमति प्रकट करते और उसे समझाने की कोशिश करते, "जहाँपनाह, कहानियाँ सुनना अच्छी बात है, परंतु आप उन्हें अपना काम खत्म करके ही सुना कीजिए। आपकी प्रजा आपसे बहुत सी अपेक्षाएँ रखती है। अगर आप अपना सारा समय कल्पना लोक में विचरण करने में ही लगाएँगे तो राज्य का विकास कैसे होगा?"

परंतु राजा प्रताप ने इन बातों पर कोई ध्यान नहीं दिया। वह कहानियाँ ही सुनना चाहता था और उसे बस कहानियाँ ही सुहाती थीं। परंतु लोग उसके लिए इतनी सारी नई-नई कहानियाँ कहाँ से लाते? जल्द ही कहानियों का अकाल पड़ गया। कुछ लोगों ने चालाकी से बहुत पहले सुनाई कहानी को दोबारा सुनाने की कोशिश की, परंतु इस मामले में प्रताप की बुद्धि बहुत पैनी थी।

"ये कहानी मैं सुन चुका हूँ। एक सुनी-सुनाई कहानी को दोहराने के अपराध में इसका सिर कलम कर दो!"

ओह, इतना छोटा सा अपराध माफ कर देने के लिए उसके मंत्रियों को कितनी याचना करनी पड़ती थी।

अंत में अपने राज्य के सभी किस्सागो से तंग आकर राजा ने घोषणा की, "मुझे एक व्यक्ति चाहिए, जो मुझे एक ऐसी कहानी सुनाए जो जब तक मैं उसे रोकने के लिए न कहूँ, बस चलती ही रहे। जो कोई ऐसा कर दिखाएगा, उसे इनाम के तौर पर मैं अपना आधा राज्य दे दूँगा।"

यह घोषणा सुनकर उसके मंत्री अवाक् रह गए। कल्पना लोक में उड़नेवाले अनाड़ी लेखक और किस्सागो को आधा राजपाट, कितनी बेतुकी बात है। उन्होंने राजा के तौर-तरीकों के पीछे छिपी मूर्खता के बारे

में उसे समझाने की बहुत कोशिश की, मगर राजा अड़ा रहा। एक ऐसी कहानी जो कई दिनों बल्कि हफ्तों तक चलती रहे, इसके सिवाय वह कुछ नहीं चाहता था।

जल्द ही उसके दरबार में पुरुषों और स्त्रियों की कतार लग गई। हर कोई वह महा पुरस्कार जीतना चाहता था। परंतु राजा प्रताप को उनमें से किसी की कहानी पसंद नहीं आई।

''उबाऊ!'' वह कुछ किस्सागो पर चिल्लाया।

''बकवास!'' कई अन्य पर वह चीखा।

''बेसिरपैर की!'' कई अन्य पर वह बरसा।

इस बीच राज्य का सारा कामकाज ठप हो गया था। सभी मंत्री हाथ मलते हुए दिमाग लड़ा रहे थे कि किस तरह राजा को लाइन पर लाया जाए कि वह राज्य के महत्त्वपूर्ण मसले हल करें। अंत में उसके बुद्धिमान और चतुर महामंत्री के दिमाग में एक विचार आया।

अगले दिन एक मैला-कुचैला, पागल सा आदमी दरबार में हाजिर हुआ। उसके बाल बिखरे हुए थे, उसके कपड़े फटे थे और वह फटे जूते पहने था, जिनमें से उसके पैरों की उँगलियाँ झाँक रही थीं। वह महल तक चलकर आया और उसने राजा से मुलाकात करने की माँग की। सुरक्षाकर्मियों ने एक लंबी साँस ली और उसे महल में जाने दिया। उन्हें सभी तरह के नमूनों को, जो राजा को कहानी सुनाना चाहते थे, द्वार पर देखने की आदत हो गई थी।

वह बूढ़ा आदमी राजा के कक्ष में दाखिल हुआ। वह आराम से एक कुरसी पर बैठा, एक बड़े से जग से पानी पिया और अपना परिचय दिए बिना ही कहानी सुनाना शुरू कर दिया :

यह कहानी एक गरीब किसान के खेत से शुरू होती है। उस किसान ने दिनों, हफ्तों और महीनों तक जी-तोड़ मेहनत की थी और

गन्ने की भरपूर फसल उगाई थी। उसने नजदीक के एक चीनी कारखाने को गन्ना बेच दिया और कारखाने के मालिक ने उनसे बोरियाँ भर-भरकर चीनी बनाई। सभी बहुत खुश थे। ये सारी चीनी बाजारों में बेच दी जाएगी और सबको मालामाल कर देगी। उस साल उनके बच्चों को नए कपड़े मिलेंगे, उनके स्टोर रूम में खाने-पीने की चीजें भरी होंगी और उनकी पत्नियों की खुशी का ठिकाना न होगा।

अब उस सारी चीनी को भंडार-गृह में सावधानी से रखना होगा, जब तक कि चीनी की बोरियों को बेचने के लिए बाजार नहीं ले जाया जाता। कारखाने के कर्मचारियों ने चीनी के उस विशाल ढेर को बहुत सी बोरियों में भरा और उन्हें भंडार-गृह में जमाकर रख दिया। भंडार-गृह में आपको चींटियों की बस्तियों के सिवाय और क्या मिलेगा ? वे जानती हैं कि एक ऐसा स्थान, जहाँ उनके प्रिय भोजन की इतनी आपूर्ति हो, उसके नजदीक अपनी बस्तियाँ बसाना बहुत समझदारी का काम है। वे हमेशा इस इंतजार में रहती थीं कि ताजी मीठी चीनी का नया स्टॉक कब आएगा।

बोरियाँ रखने की देर थी कि चींटियों की कतारें वहाँ पहुँच गईं। बोरियों के भीतर घुसने के लिए उन्हें छोटे-छोटे छेद मिल गए और कतार की पहली चींटी चीनी की पहली बोरी में घुसी, एक दाना उठाया और वापस चली गई।

फिर अगली चींटी उस बोरी में घुसी, एक दाना उठाया और घर चली गई।

फिर एक और चींटी बोरी में घुसी, एक दाना उठाया और घर लौट गई।

फिर एक और चींटी बोरी में घुसी, एक दाना उठाया और घर लौट गई।

और इसी नोट पर कहानी सुनानेवाले का रिकॉर्ड बजता रहा, बजता ही रहा। राजा प्रताप ने देखा कि वह लगभग सो ही गया था। सारा दिन गुजर गया था और वह अब भी वही कहानी सुन रहा था।

"रुको, रुको!" उसने आदेश दिया, "मैं बाकी की कहानी कल सुनूँगा।"

अगले दिन वह बूढ़ा फिर हाजिर हुआ और उसने वहीं से कहानी फिर सुनाना शुरू कर दिया, जहाँ उसने पिछले दिन छोड़ा था।

"कल मैं आपसे कह रहा था कि कैसे चीटियाँ आईं और चीनी का एक-एक दाना ले जाती रहीं। अब अगली चींटी चीनी की बोरी की ओर गई। चीनी का एक दाना लिया और वापस घर चली गई। एक और चींटी वहाँ गई, चीनी का एक दाना लिया और घर लौट गई। एक और चींटी··· ।"

उसी अंदाज में कहानी चलती रही, चलती रही। लंच ले लिया गया और डिनर का समय होने पर डिनर भी, परंतु कहानी में नया कुछ नहीं हुआ। अब तक राजा प्रताप का पारा सबसे ऊँची डिग्री तक चढ़ चुका था। उसे इतनी बोरिंग कहानी सुनाने की हिम्मत कोई कैसे कर सकता है!

"यह किस तरह की कहानी है?" यह उसने शिकायत की, "अब आगे क्या होगा? उस किसान का क्या हुआ?"

परंतु वह बूढ़ा आदमी केवल मुसकराया और बोला, "धीरज रखिए महाराज। उस साल गन्ने की फसल बहुत अच्छी हुई थी और वहाँ चीनी के हजारों बोरे थे। मुझे आपको बताना होगा कि चींटियाँ कैसे सारी चीनी ले गई थीं।"

"अरे, रोको! रोको!" प्रताप चिल्लाया, "इस बोरिंग कहानी को तुरंत रोक दो।"

अब वह आदमी खड़ा हो गया और बोला, "ठीक है महाराज,

अगर आप मुझे रुकने का आदेश दे रहे हैं तो मैं पुरस्कार जीत गया हूँ। अब अपना आधा राज्य मुझे दे दीजिए।''

अब राजा दुविधा में पड़ गया। बेशक उसने एक प्रतियोगिता और पुरस्कार की घोषणा की थी, परंतु क्या वह ईमानदारी से इस पागल से दिखनेवाले किस्सागो को जो इतनी बोरिंग कहानियाँ सुनाता था, आधा राज्य दे सकता था?

राजा अभी इसी उधेड़बुन में था कि उस आदमी की मुसकान और भी फैल गई। उसने अपना मैला-कुचैला लबादा उतारा, अपने चेहरे की गंदगी साफ की और अपने बिखरे सफेद बालों को हाथ से झाड़ दिया। सभी चकित रह गए। अरे ये तो स्वयं महामंत्री हैं।

''आप चिंता न करें, महाराज,'' महामंत्री ने खुशी से उछल पड़े अपने राजा से कहा, ''मैं आपका आधा राज्य नहीं चाहता था। मैं आपको केवल यह दिखाना चाहता था कि अपने काम की अनदेखी करके दिन-रात कहानियाँ सुनकर आप गलत कर रहे थे। आपकी प्रजा एक अच्छे राजा की हकदार है। एक ऐसा राजा, जो उनकी देखभाल करने के लिए कड़ी मेहनत करता हो, एक ऐसा राजा जो खुद अपनी खुशी के बारे में तभी सोचे जब उसकी प्रजा सुखी हो। आप जानते हैं कि अच्छे राजा यही करते हैं। न कि सिर्फ हुक्म देते रहना और अपने ही मनोरंजन में लिप्त रहना।''

बेचारा प्रताप यह सुनकर शर्मिंदा हुआ। हाँ, यह सच था कि वह एक घोर स्वार्थी राजा था। उसने तय किया, आज से कहानियाँ केवल रात में सुनी जाएँगी, अपना सारा काम पूरा करने के बाद।

तो इस तरह से गरमी की छुट्टियाँ समाप्त हुईं। हर एक ने अपने-अपने बैग में सामान भरा और स्टेशन पहुँच गए। उनकी माँएँ उन्हें वापस घर ले जाने के लिए आई थीं। अज्जा, अज्जी, विष्णु काका, दामू, रहमत

चाचा, सभी उन्हें विदा करने के लिए आए थे। कोई भी अज्जी का साथ छोड़ना नहीं चाहता था और मीनू को तो जब तक ट्रेन में सवार नहीं होना पड़ा, वह अज्जी से चिपकी रही।

जल्द ही ट्रेन धुआँ उड़ाती स्टेशन से बाहर निकल गई। बच्चों ने ट्रेन की खिड़कियों से झाँककर उन सबसे विदा ली। धीरे-धीरे शिग्गाँव पीछे रह गया। परंतु बच्चे अपने अज्जा, अज्जी और अन्य सभी को याद रखेंगे और वे सारी कहानियाँ जीवन भर उनके साथ रहेंगी। अगले साल गरमी की छुट्टियों में वे फिर आएँगे और बहुत सी नई कहानियाँ सुनेंगे।

□□□